# 冬晴れの花嫁

くらまし屋稼業

今村翔吾

時代小説文庫



角川春樹事務所

# 序章

楽しげな声が白い息に乗り、絶えることなく聞こえてくる。

堤平九郎《つつみへいくろう》は氷川《ひかわ》神社の一角で、屋台車の中の炉を覗《のぞ》き込んだ。

今日は一段と冷え込むこともあって、火が些《いささ》か弱くなっている。屋台車には引き出しが備えられており、そこは小さな炭箱になっている。開けてみたが細い炭が見当たらない。大振りの炭を取って両手で割った。あまりに大きすぎると、なかなか熾《おこ》らないのだ。

時刻はすでに未《ひつじ》の刻（午後二時）を回っている。常ならばあと半刻（約一時間）も経たずして商いは終わり。もう火を継ぎ足すことも無い。だが人出が多く、もしかしたら申《さる》の下刻（午後五時）あたりまでは客足が途絶えないかもしれない。

本日は霜月《しもつき》（十一月）十五日。三歳の幼児が髪置き、五歳の男児が袴着《はかまぎ》、七歳の女児が帯解きを行う日である。髪置きは髪を伸ばし始めることを、袴着は初めて袴をつけることを、そして帯解きは子どもの付け紐《ひも》を外して初めて帯を締めることをいう。

それぞれの祝いの式の後に産土神《うぶすな》にお参りする慣例となっている。

その後に親類縁者と祝いの席を囲むとあって、家族一同で神社に参る。財布の紐の固い父母と異なり、祖父母やおじおばなどは、子どもに飴《あめ》をねだられれば、ほいほい買って与えてしまう。

そのような事から、昼を過ぎても客足が一向に途絶えないのだ。平九郎も予《あらかじ》めこうなることを見込んでいたため、普段の三倍の量を仕込んできたが、残り二割ほどまで減っている。

「お祖父《じい》ちゃん、飴」

多くの笑顔が通り過ぎていく中、一人の女の子が屋台車に添えるように立てた幟《のぼり》を指差した。手を繋《つな》いでいるのは祖父なのだろう。皺《しわ》深い目尻が、孫の晴れ姿に今日は緩みっぱなしといった様子である。

「お彩《あや》、駄目ですよ」

と、咎《とが》めるように言ったのは母であろう。その横には父らしき男の姿。身形《みなり》から察するに御家人か小旗本であろうか。困り顔でこめかみを掻《か》いている。絵に描いたような仲の良い家族に、平九郎も口が綻《ほころ》んだ。

「いいじゃないか。今日くらい」

爺様は繋いだ手とは反対の手で宥《なだ》め、お彩と呼ばれた孫に微笑《ほほえ》みかける。

「やった」

お彩は飛び上がるようにして喜び、爺様を引っ張って屋台車に近づいて来る。

「お幾らですかな」

爺様が懐《ふところ》から財布を取り出しながら尋ねる。

「五文頂いています」

「そりゃ、安い。近頃だと八文、十文なんてところもあるのに」

躰《からだ》が僅かに強張った。全くの偶然であろうが、八文、十文という語彙が飛び出したので反応してしまったのだ。

——八文字、十文字。

炙《あぶ》り屋こと、万木迅十郎《ゆるぎじんじゆうろう》が駆使する「心の一法」の段階を現す言葉なのだ。

平九郎は覚《さと》られぬように小さく溜息を零した。こんな些細なことにまで反応してしまうとは、己はすっかり裏稼業に染まっているのではないか。時折感じる不安だ。

「ありがとうございます」

ずっと黙している訳にいかず、僅かな間で平九郎は笑みを零した。

「物の値が上がっているのにね」

「うちはずっと五文でやっていくつもりですよ。お嬢ちゃん、十二支の中から選んでくれるかい？」

「だってさ。お彩、どうする？」

爺様に訊《き》かれ、お彩は暫《しば》し可愛らしく唸《うな》っていたが、見本の一つを指差した。

「子《ねずみ》！」

「お、珍しいね。女の子は、大抵卯《うさぎ》や酉《とり》が好きなんだけど」

「だって可愛いもん。時々、台所に……」

「これ、お彩」

母が気まずそうな顔で止めに入る。別に鼠《ねずみ》などは珍しいものではない。だが武家である限り体面というものがある。夜に動くことが多い鼠を、子どもが目にしているということはそれほど数が多いのか。家の手入れが行き届いていないことも考えられる。母としては猶更隠したいところだろう。よく見れば父母共につましい木綿の着物。御家人や小旗本ならば、どこも暮らし向きは楽ではないのだ。

――よくないな。

平九郎は飴の入った鍋の蓋《ふた》を取りながら苦笑した。このようなことをつい推察してしまうのも、裏の道に入ってからすっかり癖になっている。

「ちょっと、待っておくれよ」

湯気の立ち上る鍋から、飴を一握り取り出すとすかさず葦《あし》の棒に刺した。この寒さだ。今は飴からも濛々《もうもう》と湯気が立っているが、あっという間に固まってしまうため、夏場の倍の速さで作らねばならない。

平九郎は鋏《はさみ》で飴を引っ張り出し、時には伸ばし時には切り、流れるように子を作っていく。その速さが想像を超えていたのだろう。一家全員が感嘆の声を漏らしていた。

「はい、出来上がり」

「ありがとう！」

お彩は満面の笑みで受け取ると、父母に向けて、見てくれと自慢げに飴を突き出した。

「五文だね」

爺様は財布から五文を取り出した。

「頂きます」

「いいものを見せて貰《もら》った。職人は凄《すご》いね」

「職人と呼べるような技ではありませんよ」

「いやいや、十分に職人技だ。それに比べて武士は駄目だ。手に職というものがないから、潰しが利《き》かない」

「ご隠居で？」

「ああ、元御徒士《おかち》さ」

爺様は少し照れ臭そうに言った。同じ御徒士でも差はあるものの、概して禄高は高くはない。直臣ではあるが将軍への御目見得《おめみえ》も許されず、幕臣としては最下級といっても過言ではない。

「息子にもなかなかいい縁談がなかったが、あれがうちに来てくれてね。孫も出来た。もういつ死んでも悔いはないいさ」

少し離れたところにいる親子三人を眺めつつ、爺様はまことに幸せそうな笑みを浮かべた。

「まだまだ。お孫様のためにも、長生きして下さい」

平九郎も頰を弛めた。爺様は周囲を確かめると、すうと顔を近づけ囁《ささや》いた。

「あんた、武士だろう？」

息を呑んだ。敵か。いや依頼主か。刀は無い。様々なことが頭を駆け巡る。何も答えずにいると、爺様は小さく首を横に振って続けた。

「答えなくていいさ。これでも昔は鳴らしたからね。立ち居振る舞いで解る」

指を一本立てて刀に見立て、爺様は宙を斜めに斬るように動かした。

「ご想像に」

敵ではないし、依頼主でもなかった。ただこちらの腕前を見抜いたということは、この爺様はきっと若い頃は相当に剣を遣ったはずだ。だが今の境遇を思えば、そう答えるのがやっとだった。

「儂《わし》はやっとうだけやって、内職は妻に任せきり。随分苦労を掛けたせいで、早死にさせちまった。だからこうして手に職を付けて生き直しているのを見て、凄いといったのさ」

「その道でご高名だったのならば道場でも……」

爺様は手をふわりと上げて首を横に振った。

「流行《はや》っている道場の主が皆達人という訳じゃあない。遣えるのと、教えるのはまた別さ。それに家にはそんな金は無いしね」

「何事にも金は掛かりますからね」

平九郎は苦笑しながら、掌《てのひら》に並ぶ受け取ったばかりの五文を見た。

「お祖父ちゃん、行こう！」

お彩が快活に呼んで手招きをする。爺様は二度、三度頷《うなず》いて応じた。

「いつもここに？」

「いや、ここは月一です」

氷川神社に来るのは月に一度、五日の縁日だけ。此度《こたび》は七五三の祝いとあって特別である。その「月に一度」も、依頼の最中ならば来ることは出来ない。用事があればと言い換え、平九郎はそのことを告げた。

「じゃあ、またお彩を連れて来るよ」

「待っています」

平九郎は菅笠《すげがさ》に手を添えて会釈をした。

爺様はお彩の元へと追いつき、家族四人、連れ立って歩んでいく。

確かに幾ら剣の腕を磨いたところでこのご時世、それを銭に換えることなど難しい。だが今の己は違う。妻子を見つけ出すために危ない橋を渡ることもある。そんな時に我が身を守るのは剣しかないのだ。

だがいつの日か、あの爺様のように剣を手放し、貧しくとも家族で仲睦《なかむつ》まじく生きていきたい。

雑踏の中に紛れ行く四人の背を見つめながら、平九郎は五文を小さな銭壺《ぜにつぼ》にちゃりんと入れた。

# 冬晴れの花嫁

くらまし屋稼業

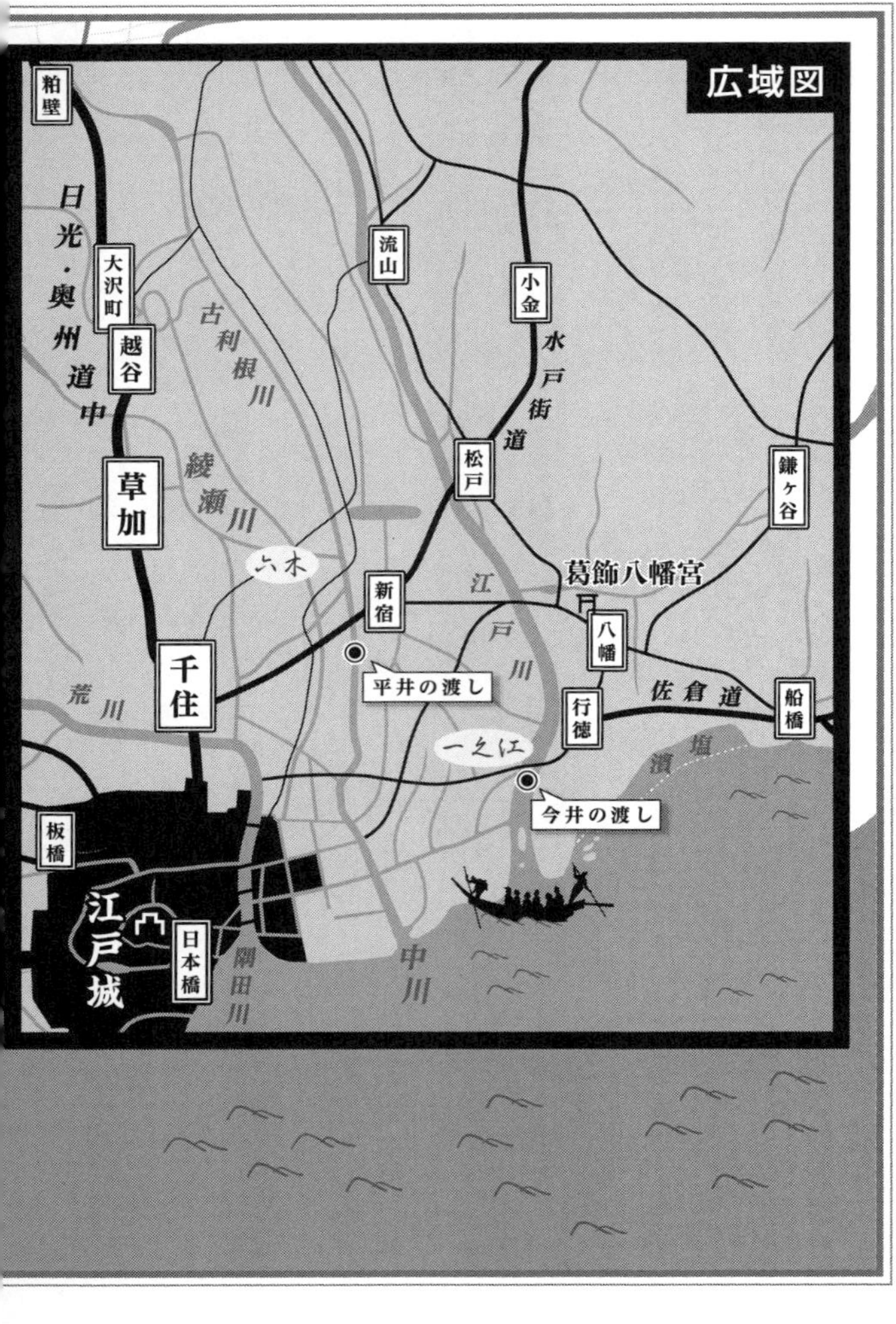
広域図
粕壁
日光・奥州道中
大沢町
越谷
草加
千住
古利根川
綾瀬川
六木
流山
小金
水戸街道
松戸
鎌ヶ谷
葛飾八幡宮
新宿
江戸川
八幡
平井の渡し
荒川
佐倉道
船橋
行徳
一之江
塩濱
今井の渡し
板橋
江戸城
日本橋
隅田川
中川

地図製作／コンポーズ　山﨑かおる

# 主な登場人物

堤《つつみ》平九郎　表稼業は飴細工屋。裏稼業は「くらまし屋」。
七瀬　「波積屋《はづみや》」で働く女性。「くらまし屋」の一員。
赤也　「波積屋」の常連客。「くらまし屋」の一員。
茂吉　日本橋堀江町にある居酒屋「波積屋」の主人。
お春　元「くらまし屋」の依頼人。「波積屋」を手伝っている。
松平武元《たけちか》　上野国館林藩の藩主。老中のひとり。
曽和一鉄　徳川吉宗によって創設された御庭番の頭。
篠崎瀬兵衛　宿場などで取り締まりを行う道中同心。
坊次郎　日本橋南守山町にある口入れ屋「四三屋《よみや》」の主人。
榊惣一郎《さかきそういちろう》　「虚《うつろ》」の一味。すご腕の剣客。
初谷男吏《はつがやだんり》　伝馬町牢問役人。「虚」の一味。

目次

# くらまし屋七箇条

一、依頼は必ず面通しの上、嘘《うそ》は一切申さぬこと。
二、こちらが示す金を全て先に納めしこと。
三、勾引《かどわ》かしの類《たぐい》でなく、当人が消ゆることを願っていること。
四、決して他言せぬこと。
五、依頼の後、そちらから会おうとせぬこと。
六、我に害をなさぬこと。
七、捨てた一生を取り戻そうとせぬこと。

七箇条の約定《やくじょう》を守るならば、今の暮らしからくらまし候《そうろう》。
約定破られし時は、人の溢《あふ》れるこの浮世から、必ずやくらまし候。

# 第一章　御庭番の憂鬱

## 一

曽和《そわ》一鉄《いってつ》は憂鬱であった。砂利が敷き詰められた庭に膝《ひざ》を突いているのだ。肉に小石が食い込み、ずっと鈍い痛みを感じている。しかし報告が終わるまで動いてはならない。慣習であり、掟《おきて》でもあった。

己は卑しい身分であるため、座敷に上がることも許されず、こうして庭に回って跪《ひざまず》かねばならない。じっと息を殺して待っているが、相手はなかなか現れない。

――いつまで待たせる。早く来いよ。

すでに呼び出されて四半刻（約三〇分）が経過しているのだ。心中で悪態をついた。流石《さすが》に心の呟《つぶや》きまでは人に知れることもなく、当然咎《とが》められることもない。この身分の者ならば大なり小なり、こんなふうに腹で罵ったことはあるのではないか。一鉄はそのようなことを考えながら、時が流れていくの待っていた。

衣擦《きぬず》れと跫音《あしおと》が聞こえてくる。ようやく相手がやって来たのだ。数は四人。本人以外は供の者であろう。地から視線を外していないが、音だけで容易に想像がつく。

跫音が止まった。息遣いがやや荒い。ここまで歩いて来るだけで疲れたというのか。それとも、すでに大略は報じてあり、その結果が気に食わず怒っているということも考えられる。

面《おもて》を上げろとも言われない。位の高い者らは己たちなど見ていない。いや、現実には当然見えているのだが、そのように装う。会話にしても独り言の態を取っているのだ。

「今一度」

——話すのも惜しいか。

一鉄はまた胸で罵った。今一度、己の口から報告せよ。今一度、標的を狙え。どちらも考えられる。この愚鈍さが嫌になる。

一鉄が無言でいると、続けて声が降って来た。

「報じろ」

先ほどよりも声に苛立《いらだ》ちを感じた。一鉄は聞こえぬように口内で舌打ちを見舞い、淡々と話し始めた。

「高尾山《たかおさん》において阿部将翁《あべしょうおう》を葬り去ることは出来ず。薬園奉行、道中奉行配下の固めが存外厳しく……」

事の顚末《てんまつ》はこう。一年ほど前から、「虚《うつろ》」なる謎の一味が名の知れた本草家《ほんぞう》を次々に攫《さら》っており、一鉄の調べたところによると、中には殺された者もいるようだった。だが、殺された本草家は皆、

――紛い物。

と、言ってよかった。運よく高名になっただけで、実際は草木の知識に乏しい大したことのない者。あるいは書物を読んだだけで、実地の経験が殆《ほとん》ど無い者である。攫った後、生かす者と殺す者を選《よ》り分けていることから、虚の中にも本草家の実力を見極められる者がいるらしい。

やがて一鉄は、若い者から順に狙っていることに気がついた。単に実力に拘《こだわ》るならば、その道に長く携わってきた者のほうが、知識や経験が豊かだろう。それをしなかった訳は、恐らく攫った後に、「体力」のいることをさせるつもりだったのではないか。例えば遠くへ行かねばならない。峻険《しゅんけん》な山に分けいらせるなど。

体力と知識の両方が揃った者を探していた。しかし実際はそのような都合のよい者は見つからず、遂には高齢だが幕府採薬使としても活躍した、阿部将翁に狙いを定め

た。

幕閣はこの事態を重く見た。優れた本草家ならば、遅効性の毒にも通じているというのはかねてより言われていたこと。そのような毒を将軍の食事に入れられようものなら、防ぎようはない。

——と、いうのは建前さ。

一鉄は舌を出したい衝動をぐっと抑えた。

幕閣の大半は将軍がどうなろうとどうでもよい。新たな将軍に首を挿《す》げ替えればいいだけ、という程度に思っている。それよりも己が狙われるのを恐れているのだ。

「虚の度重なる襲撃を受け、相次いで討ち死に……」

「討ち死に？　御庭番風情が粋がるな」

一鉄は奥歯を食い締めて侮辱に堪えた。そう、今己たちの立場は非常に微妙なものになっているのだ。

——貴様らなど有徳院《ゆうとくいん》様さえご存命ならば……。

有徳院とは一昨年に身罷られた前《さき》の将軍、徳川吉宗《とくがわよしむね》のことである。

そもそも御庭番は吉宗によって創設された新しい役職である。吉宗の出身である紀《き》州《しゅう》藩には代々、「薬込役《くすりごめやく》」という隠密御用を務める集団があった。吉宗が将軍に就任した後、手許に呼び寄せて、直属の間者として使った。これが御庭番が設立された経緯である。

御庭番は江戸城本丸の庭に設けられた御庭御番所に詰め、奥向きの警備を担うのが表の務め。しかし裏では、御側御用取次《おそばごようとりつぎ》や、時として将軍自らの命《めい》を受けて隠密として働くのだ。御目見得《おめみえ》以下の御家人身分であるが、御殿に近づくことが許されているのである。

吉宗は己たちの身分の向上を図ろうとしてくれた。そのため、初めは三十五俵三人扶持の御目見得以下の身分から、後にはそのほとんどが御目見得以上に格上げされ、様々な役職に累進する者も出てくるようになった。

だが全員が他の役職に転じてしまえば、隠密御庭番としての働きができなくなってしまう。出世すれば顔も割れやすくなり、任務に支障も出る。そこで一鉄を含む一部が、隠密のお役目に留《とど》まりたいと申し出たのである。その者たちに共通するのは、誰よりも吉宗のことを敬愛していたということだろう。

吉宗が世を去った後、後を継いだのは嫡男の家重《いえしげ》。聡明だとも、馬鹿殿だとも言われており、はきとしない。なぜなら家重は自ら御庭番に指示を与えるようなことは皆無であったのだ。故に御庭番としてはその判断がつかない。

——幕閣の権力争いのせいだろう。

一鉄はそのように見ている。

この政争の勝者こそ、家重の寵《ちょう》を得るのだ。それまでは家重を出来るだけ、政《まつりごと》などに関わらせないようにしているのに違いない。故に今の御庭番は幕閣の会議で決められたことに従って動いている。

だが今回、高尾山に派された経緯は些《いささ》か訝《いぶか》しい。まず一度、幕閣で衆議されて、薬園奉行が高尾山で阿部将翁を匿うことが決まった。

それから間もなく、一鉄は老中に呼び出されて、

「虚の正体を探り、阿部将翁を奪われる前に消せ」

と、命を受けた。こちらも幕閣の大多数によって、新たに決められたと聞いている。

薬園奉行には守れと指示し、その数日後には御庭番に殺せと命じる。しかも指示はいずれも幕閣の話し合いによって決まっている。どういうことだと首を捻《ひね》ったが、手掛かりは指示の中にあった。

——幕閣の「大多数」によって、新たに決められた。

大多数。つまり総意ではないというところが味噌《みそ》ではないか。一度目の衆議で将翁殺害に反対した者がいる。状況に鑑みてその者は、幕閣の中でも特に力がある者とな

る。

一鉄には二人ほど思い当たる候補があった。だが他の幕閣は我が身の安全を確保するためにも、阿部将翁を始末しておきたい。そこで反対する者を外して密議を行い、隠れて己たち御庭番に命を出した。

——だが、あんた露見してるぜ。

一鉄は己の旋毛《つむじ》の先に立っている男を嘲笑《あざわら》った。見えぬこともあり、実際に口が綻ぶ。

御庭番が派されたのと時をほぼ同じくして、他にも高尾山に送られた集団があった。道中奉行配下の者たちである。あれは御庭番を牽制する目的だったのではないか。彼らを率いている篠崎瀬兵衛《しのざきせへえ》と謂《い》う男、今は昼行燈《ひるあんどん》のように言われているが、昔は辣腕を振るっていたと調べが付いている。道中奉行配下を派した者が、そこまで知っていたかは判断がつかないが、実際にそのせいで、御庭番は将翁を討つことが出来なかった。

「虚についていては何か判ったか」

「いえ、まだ詳しいことは。しかし相当な手練れであることはこの目で見ています。御庭番でも十指に入る遣い手、網谷久蔵《あみやきゅうぞう》が討たれました」

なかなか将翁を討つ機会を見つけられぬまま、遂に虚の襲撃を受けた。初めに乗り込んできたのは漣月《れんげつ》と謂う男。飛輪と鎖を結び付けた、見たことの無い武具を使っていた。網谷はこの者に挑んで、首を落とされて敗れた。網谷の強さは己も知る所であるから、これには正直驚いた。

「その漣月なる凶賊を討ったのはお主か」

「いえ……それが、くらまし屋です」

「くらまし屋？」

素っ頓狂な鸚鵡《おうむ》返しに、一鉄は疎漏《そろう》なきように話した。

「金さえ積めば、如何なる者も晦《くら》ませると、市井《しせい》で噂になっている、いわゆる裏稼業の者です。私は直に見たのは初めてでしたが、これまで御庭番が数名斬られています」

御庭番の使命の一つとして、大名、幕臣の動向を観察し、江戸市中の様子を探るというものがある。何か異変があれば、伝えるのが責務である。その中でこれまで二度ぶつかっている。命からがら逃げて復命した者の話では、かなりの手練れのようであった。だが網谷を打ち負かした漣月を屠《ほふ》るほどとは思わなかった。

「お主が加勢した訳ではなく？」

「は……私は二人が交戦中に離脱し、茂みからその後の様子を窺《うかが》っていました」

「臆病風に吹かれたか」

「御庭番の最も大事な役目は、生きて復命すること。残る者は拙者一人でしたので」

「言い訳をするか」

「いえ……」

殺してやろうか。一鉄は思わず心で呪詛《じゅそ》を吐いた。寝所に忍び込んで寝首を掻くらい、その気になれば今夜にでも出来る。

「まあ、よい。そしてどうなった」

「虚の新手が二人。一方は歳こそ若いが、剣の達人です」

「お主の話では、達人の大安売りのようじゃ」

「しかし事実です。あれは剣鬼と呼ぶに相応《ふさわ》しい者でした」

「やれるか」

「難しいかもしれません」

あの若者の相貌を思い浮かべると、躰の芯に知らぬ間に力が入る。もし己が刃を交えていたならば、

——今頃ここにはいないだろう。

と、思わざるをえない。

いや短い間に勝負を決するように狙えば、あるいは勝ち目はあったかもしれない。だが、あの若者は戦いの中で急速な成長を見せていた。長く戦えば戦うほど、こちらの手の内を読み取られて強くなる。そうなればいずれは己も討たれたに違いない。

「御庭番頭、曽和一鉄とも思えぬ言い草よ」

高尾山にいた薬園奉行、道中奉行配下の者たちには網谷久蔵こそ御庭番一団の頭と思わせていたのである。網谷に目を向けさせておけば、将翁を討つ機も訪れるはずと考えたからであった。

御庭番は腕に覚えのある者を数多く抱えており、網谷もその一人だった。一鉄は、鍛錬の中でその誰にも敗れたことはない。頭にして一番の手練れである。それでもあの若者を討てると言い切る自信は無かった。くらまし屋も同様、十回戦えば六、七回は破れるのではないかと見ている。

「我らは自らを過大に見ることも、相手を過少に見ることもございません」

冷静に事実だけを告げる。これこそ御庭番であると、常々配下にも言っている。

「左様か。そして、くらまし屋と虚が矛を交え、引き分けたということか」

「はい。文《ふみ》でもお伝えしたように、その前に阿部将翁の姿はもうありませんでした。

くらまし屋が勾引《かどわ》かしたものと見ます」

「それで全部か」

「いえ、大事なことがもう一つ。虚の二人のうち、一人は幕臣です」

「なに……」

声が上擦っている。近習にも聞かせたくはなかったのだろう。追い払ったようで、跫音が離れていく。

「何者だ」

一鉄は一呼吸置くと、地を這うが如く低く言った。

「伝馬町《てんまちょう》牢屋敷の牢問役人、初谷男吏《はつがやだんり》」

二

その日の内には、伝馬町牢屋敷に向け、

——初谷男吏、凶賊に加担していると思われる。

と、通達された。男吏の正体は薬園奉行、道中奉行の配下の者たちも聞いていた。すでに手が回っていることは容易に推察出来るため、戻ることはないだろう。だが万が一戻った時は、その場で取り押さえろと目付に応援の指示も飛んだ。

一鉄は報告を終えると、憮然として御庭御番所に戻った。引見から帰った己の機嫌が悪いことは、配下の者たちはよく知っている。怖々とした様子で尋ねて来た。

「いかがでした……?」

「阿呆に付き合うと疲れる」

「確かに」

配下も苦く頬を歪めた。

「有徳院様とは大違いよ」

「はい」

配下は懐かしそうにしみじみと頷く。吉宗から直接指示を受けていたころは、務めも極めてやりやすかったし、働きも評価されていた。

「だが仕方あるまい」

家重が後を継いでからというもの、実際の政は幕閣たちによって行われている。今後、幕閣の中で誰が頭一つ抜きん出るか解らない今、全員に恩を売っておくしかない。老中首座になる者の覚えが悪ければ、歴史の浅い御庭番などはすぐに廃される恐れがある。

「老中、若年寄、御側御用取次……暫《しばら》くは皆に恩を売っておくことよ」

一鉄は己に言い聞かせるように呟いた。

また幕閣の一人から呼び出しをくらったのは、その翌々日のことである。先日と同じように庭に跪いていると、衣擦れと跫音が近づいて来た。この男の呼び出しを受けたのは初めてのこと。

――どちらかが後に実権を握る。

と、一鉄が考えている二人のうちの一人である。先日の阿呆よりは大分ましであろうと、淡い期待を持っていた。

「曽和一鉄か」

「は……」

「面を上げよ」

額面通りに受け取ってはならぬと、一鉄は動かなかった。御庭番は路傍の石と同じ。顔を上げれば不敬を咎められ、御庭番を取り潰すという罠《わな》かもしれない。

「面を上げよと申しておろうに」

「しかし……」

「よい。ここに座れ」

えっ、と吃驚《びっくり》して思わず顔を上げてしまった。眼前の男は縁に腰掛け、隣をひたひたと叩《たた》いている。御庭番と並んで座るなど正気の沙汰とは思えない。

一鉄は、幕閣は勿論《もちろん》、末端の旗本や御家人に至るまでそのすべての来歴を覚え込んでいる。頭の中の書架から、この男について記した一冊を取り出して確かめ始めた。

常陸府中《ひたちふちゅう》藩主松平頼明《まつだいらよりあき》の次男として生まれたのが、正徳三年（一七一三年）、今年で齢四十一。

享保十三年（一七二八年）、十六歳の時に上野館林《こうずけたてばやし》藩主松平武雅《たけまさ》の養嗣子となって家督を相続し、その直後に陸奥棚倉《むつたなくら》へと転封となった。

幕府の重職に就けるのは、基本的には譜代の大名家のみ。外様は当然のこと、将軍家と血脈を同じくする親藩も要職に就くことはない。だが、この男は若い頃から俊英の呼び声が高く、何より亡き吉宗がその才を認めて大層目を掛けており、

――あの小僧はなかなかの鬼才よ。

などと言っていたのを、一鉄はよく覚えている。

親藩ながら元文《げんぶん》四年（一七三九年）には奏者番《そうしゃばん》に、延享《えんきょう》元年（一七四四年）には寺社奉行を兼務するようになる。異例から始まった男の出世は、ここで止まることはなかった。

延享三年（一七四六年）に西の丸老中に就任するとともに、要地である館林に再封

される。その翌延享四年（一七四七年）には遂に老中になり、ゆくゆくは老中首座にも就くのではないかと目されている。

だが吉宗の死後、この男は一度も己たち御庭番を使わなかった。忌み嫌われているものだと思っていたが、この態度を見ればそうとは思えない。

「早《はよ》う、座れ。命だと思え」

重ねて言われれば、もう断ることは出来ない。一鉄は身を縮めながらそっと横に腰を下ろした。まさか老中と横並びで座る日が来るなど、夢にも思わなかった。

「松平武元《たけちか》だ」

男、いや武元はこちらに向けて悪戯《いたずら》っぽく片笑んだ。

――似ている。

己が今でも敬愛する吉宗にである。相貌の話ではない。凛々《りり》しい顔立ちの吉宗に対し、武元はどちらかというと穏やかな顔で、目尻を下げるとどこぞの大店《おおだな》の旦那のようにも見える。その身に纏《まと》っている雰囲気というべきか。たった数言交わしただけで、懐かしい香りが鼻孔に蘇《よみがえ》って来た。吉宗は何か己に通じるものを感じたからこそ、武元を買っていたのかもしれない。

一鉄は口を開かない。武元に見惚れていたというのもあるが、もともと御庭番は路傍の石であるように努める。訊かれたことに答えるのは別として、こちらから口を開く習性を持ち合わせていないのだ。

「儂《わし》が呼んだことを訝しがっているのだろう？」

「いえ……」

「包み隠さずともよい」

「我らをお嫌いになられているものと」

「まさか。お主らは幕府を陰から支えてくれている」

一鉄は何故か安堵《あんど》した。これまで武元ともう一人、勢いのある二人の老中は御庭番を起用しなかった。このままではどちらが幕府の実権を握ろうとも、己たちはお払い箱になるかもしれない。何か対策を講じねばならないと焦っていた。

だが今、一鉄が胸を撫でおろしたときにそのような考えはなかった。この男には嫌われたくないと、純粋に思ってしまったのである。すでに武元に惹かれ始めている己を感じていた。

「話は聞いている。助かっている」

武元は、御庭番が得た情報は漏らさず耳にしているという。

「では、何なりと命じて下されば……」

「特に下す命がなかっただけよ」

武元は口元を緩めて、庭木へと目をやった。枝に一羽の雀《すずめ》が止まっている。普段は己が跪いている庭。こちら側から見ることは初めてであった。

「高尾山の件も聞いた。あれは頂けんな」

胸が高鳴るのを覚えた。やはり御庭番を差し向けた者たちの中に、武元はいなかったらしい。反対を恐れた他の老中たちが、武元の留守の間に決を採ったという。

「申し訳ございません」

「お主らは命じられたまで。己が保身のため、幕府に長年に亘《わた》って仕《つか》えてきた将翁を殺すなど、許されることではない」

「ということは……道中奉行の手の者が来たのは……」

「儂が差し向けた。厳密には儂が近い者に、動かせる者はいないかと諮《はか》った」

幕府には夥《おびただ》しい役職があり、役目に就いている者たちは、それぞれの縁故や利害等から結びつきの強い老中が自《おの》ずと分かれている。謂わばそれが幕府内の派閥というものである。道中奉行は武元派に属しているということになる。

一方、己たち御庭番はこれまでが将軍直轄であった故、宙に浮かんでいるようにどこにも属していない。これまで様々な幕閣が近づいて来たが、一鉄から見ればどれも小物であり返事を濁していた。

「老中は、見事将翁を守られました」

「お主にそこまで言わせるとは、道中奉行の配下は手強かったか？」

「はい。篠崎瀬兵衛なる道中同心がなかなかの切れ者」

「ふむ……だがお主らは真ならば、役目を果たしていたとも聞いた」

武元の言うことは間違いではない。虚の「襲撃」による混乱を利用し、薬園奉行、道中奉行の手の者の隙を突いて将翁のいる小屋を襲撃した。薬園奉行配下の見張りを始末し、いざ目的を果たそうと小屋に踏み込むと、そこにいるはずの将翁が忽然《こつぜん》と姿を消していたのだ。

「くらまし屋です」

全ての老中、若年寄は事の顚末を聞いている。一鉄は声を落として言った。

「真にそのような男がいるとはな」

「昔から裏稼業の者はいます。ですが、開府以来、今が一番多いと推察します」

「それほど市井が乱れているということか」

「どうでしょうか……」

一鉄はそうは考えていない。思わず言葉が漏れてしまい、武元は敏感に反応を示した。

「思うところがあるか」

「愚考です」

「お主の考えが聞きたいのだ」

　これまで幕閣に意見を求められたことはなかった。唯一、吉宗だけが耳を傾けてくれた。そのようなところも武元は似ている。

「人は強欲なものです」

　天下泰平となって百五十年。元禄《げんろく》の頃までは戦国の気風もあり、諸大名にも時に策動の気配があったが、今では幕府に牙を剝こうなどという藩はない。

　日ノ本全体で石高が飛躍的に増え、庶民も白米を口にすることが出来るようになった。外で飯を食わせる店もどんどんと増えているのも、暮らしに余裕が生まれている証拠。

　様々な菓子が売られ、庶民が口にするようになったのもここ数十年のこと。食一つ取っても暮らしが豊かになったと解る。

　だが、それにもいつしか慣れてしまい、さらなる欲が湧いてくる。金であったり、地位であったり、女であったりとそれは様々である。だが、今の暮らしを失いたくはない。故に自らの手を汚さず、裏稼業の者への依頼が殺到しているのだと思う。

「そのような欲は怨《うら》みも生みます」

無理やり叶えた欲というものは、誰かの犠牲の上に成り立っている場合が多い。踏みつけにされた者はその怨みを晴らすべく、また裏稼業の者に依頼する。怨みをかった者はそれから逃れるためにまた裏稼業の者を用いる。そのような負の連鎖が、江戸の暗黒を広げているのではないかと思うのだ。

「なるほど。一理ある」

武元は顎に手を添えつつ頷いた。

「私は何をすれば」

「その、くらまし屋。金さえ払えば、いかな者でも晦ませるとか」

「はい。そのように。私の知る限り、未だ一度のしくじりもありません」

今回だけでなく、御庭番は以前にも煮え湯を飲まされている。賄賂の疑いがある旗本を監視していた時、屋敷からいつの間にか姿を消していたことがある。また、偽銭を作る一味の塒《ねぐら》を襲撃した時には、返り討ちにあった上、全員を晦まされた。

「その男に仕事を頼めぬか」

「な……」

まさか天下の老中が、一介の裏稼業の者に仕事を依頼するなど考えもつかなかったことである。

「誰かを逃がすのならば、私どもが」

くらまし屋などに頼まずとも、己たちがやり遂げる。淡い嫉妬があったのも事実で、自然と声が険しくなった。

「これは公のことではない。私《わたくし》のこと。御庭番を使う訳にはいかぬ」

「しかし……」

「実はこの仕事には二つの邪魔が入る」

武元は苦笑して指を一本立てた。

「一つは酒井《さかい》殿よ」

一鉄はさして驚かなかった。それこそ今、この武元と幕府の派閥を二分しているもう一人の大物だ。

酒井忠寄《ただより》。出羽《で》庄内《わしようない》五代藩主。官職は左衛門尉《さえもんのじよう》。歳は当年で五十になるはずである。分家の出羽松山《まつやま》藩、酒井忠予《ただやす》の次男であったが、本家の嫡子が早世し、嗣子がいなかったため養子として入った。この辺りの経歴は武元とよく似ている。

元来庄内藩は蝦夷《えぞ》の警備、東北の諸藩の監視が任務であるため、幕府の役職に就かない慣習であったが、賢主であることから、忠寄は寛延《かんえん》二年（一七四九年）、齢四十六の時に老中に抜擢された。武元よりは九も年上であるが、老中の就任としては二年遅かったことになる。

以来、この二人が幕府を牽引しており、同時に二派の争いも過熱している。いずれはどちらかが失脚し、残る一人が権勢を手にするのではないかと目されている。武元の政敵である忠寄が、何かにつけて邪魔をしようとするのは理解出来た。

「かなり物騒な手に出るかも知れぬな」

「物騒とはつまり……」

「これよ」

武元は手を刀に見立てて、宙を斜めに裂いた。武元が晦まして欲しい者を、殺すかもしれないということだ。無言で唾を呑む一鉄に向け、武元は続けた。

「かの御仁は儂より九も上だからな。焦って大きく動くことが考えられる」

人生五十年と言われたのはもう昔のこと。最近では六十や七十まで生きる者も珍しくはなくなってきた。しかしそれでも五十の忠寄は、焦ってもおかしくはない歳である。この二人の政争において、歳という点では武元が有利であることは間違いない。

「今一人は？」

一鉄は小声で尋ねた。

「身内じゃ」

「同じ派閥に、足を引っ張ろうとする御方がおられるということですか？」

「いや、儂の片腕ともいうべき男よ。道中奉行の手の者を高尾山に派したのもそやつ。単に心配して思い止《とど》まらせようとしているのだ」

先ほど話に出た男である。武元が真っ先に頼ったことからも信頼が窺える。確か道中奉行は篠崎瀬兵衛を差し向けるよう指名されたと聞いている。かつて「路狼《みちおおかみ》」と呼ばれた能吏が全く衰えていないことは、一鉄が近くで見ているので間違いない。そこまで見通していたというならば、その腹心は市井のことにもかなり通じているのだろう。

忠寄に命を狙われる恐れがあるほどの大物を逃がそうとしているのだ。武元の腹心としては、弱みを握られることも考え、気が気ではないというのも解る。

「そちらは如何なる邪魔が考えられますか」

「そうさな。件《くだん》の道中奉行あたりを動かし、水も漏らさぬ構えで見張らせるというところか」

一鉄は僅かに眉間《みけん》に皺を寄せた。武元の晦ましたい者は、道中奉行に配下を繰り出させてもおかしくない人物ということになる。一介の旗本などではないだろう。一体、どのような者なのか。

「その晦ましたい相手とは……？」

「儂よ」

一鉄は絶句した。老中が忽然と消えるなど、驚天動地の大騒動になってしまう。

「たった一日だけ姿を晦ましたいのだ」

——それならば……。

上手くやれば騒ぎにならないかもしれない。そうは思ったが、すぐに別の難点が頭を過《よぎ》った。

「くらまし屋には様々な掟があると聞きます。その条件で受けるかどうか……何より、晦ませる当人に直接会わねば、決して依頼を受けません」

「会おう。手引きしてくれるか」

万が一、顔合わせの時にくらまし屋が老中に害を為そうとすればどうなるか。生半可な護衛では守りきれない。

「一つだけ条件が。顔を合わせる時には私も立ち会います」

「くらまし屋が拒めばどうする？」

武元が問うのももっとも。くらまし屋は、依頼人との直談の場に余人を立ち会わせないだろう。

「私も依頼人になります。つまり老中が一日、姿を消す間、私の同行をお許し下さい」

武元は暫し黙考していたが、やがて再び庭木に目をやって囁くように言った。

「解った……頼む」

武元が討たれたとしても、今の己の立場にさして影響はない。酒井派に付けばいいだけである。

だが、一鉄はこの短い会話の中で、御庭番は武元に付くべきではないかと思い始めている。やはり崇敬する吉宗に似たものを感じるからであろう。

訳は他にもある。

――くらまし屋を見極める。

と、いうことである。あれほどの腕を持つ男が、金だけで動くというのは脅威である。その陣容や実力を見ておきたい。

一鉄は腰を浮かせて、己の定位置である庭先に戻って跪くと、力強く言い切った。

「暫しお待ち下さい。繋いでみせます」

「巻き込んですまない」

「その一日とは何時でございましょう」

「師走《しわす》（十二月）の二十日」

今は皐月《さつき》（五月）。まだ七カ月も先で気の早い話である。だが、裏を返せばすでに日取りが決まっていて、余程念入りに準備したいということ。加えて武元は公のことではなく、私のこと、と言った。それが何であるか想像もつかないが、武元の何とも言えぬ哀愁漂う顔を見て、叶えて差し上げたいと一鉄は素直に思った。

三

篠崎瀬兵衛が上役の与力である松下善太夫《まつしたぜんだゆう》に呼び出されたのは、葉月《はづき》（八月）十七日の早朝のこと。瀬兵衛は道中奉行麾下《きか》の同心。南北町奉行所や火付盗賊改《ひつけとうぞくあらためかた》方の者たちと違い、花形とはいえぬ道中奉行配下だが、管轄は日ノ本全ての街道と宿場であるため、最も忙しいお役目の一つといえる。

宿場には名主、問屋、年寄を三役とする宿場から選出された宿役人《しゅくやくにん》が常駐しており、大抵の事件は彼らによって処理される。今回のように己が呼び出されるということは、何か大きな事件があって派されるのだろう。押し込み、あるいは殺しといったところか。

「上尾《あげお》宿で殺しだ」

善太夫は詳細を語り始めた。

事の始まりは二日前の十五日の日中のこと。宿場で最も大きな旅籠《はたご》で、二人連れの旅人が草鞋《わらじ》を脱いだ。一人は中間《ちゆうげん》風で宿帳に記した名は勘太郎《かんたろう》。今一人は二本差しで岡濱兵助《おかはまへいすけ》とのこと。

翌日早くに発つという話であったが、朝になっても一向に姿を見せないため、旅籠の主人が部屋に声を掛けた。しかし何度呼びかけても応答が無く、障子をゆっくりと開けた。

「中間風……勘太郎が殺されていたと」

瀬兵衛が静かに言うと、善太夫は顎に梅干しのような皺を寄せて頷いた。

「心の臓を一突きとのことだ」

江戸詰めの、岡濱兵助の姿が消えていることから、恐らくはこれが下手人ではないか。それ以上のことはまだ解らないらしい。

まだ近くに下手人が潜んでいるかも知れず、宿役人はまずは己たちだけで捜すと共に、両隣の宿場に検問を張るように伝えに走った。一両日手を尽くしたが、進展せず、江戸に早馬を走らせたらしい。それを受けて、奉行から松下善太夫に命が下ったという次第である。

「行ってくれるか」

善太夫は少し申し訳なさそうに言った。前回、このような流れで高尾山に派され、危うく死にかけたのは三月前のこと。暫し、血生臭い事件から遠ざけてやりたいと善太夫も思っていたのだろう。

善太夫の下には他の同心もいる。ましてや己は同輩たちから昔の気骨は無くなったと陰口を叩かれ、今では「昼行燈」などとも揶揄《やゆ》されている。だが、今回の件で、何故己に白羽の矢が立ったのかは、理解している。

「骸《むくろ》が残っている間に調べろということですな」

「うむ。お主が最も速いでな」

善太夫の下にいる同心の中で、いや道中奉行配下全体の中でも瀬兵衛は最も巧みに馬を操るのだ。

今は葉月。殺されたのが十五日のことであるとすれば、すでに骸の腐敗が始まっている。これが上方や陸奥で起こった事件ならば、同心が到着するまで骸を残すのを諦め、記録を取って荼毘《だび》に付すであろう。だが、上尾宿ならば馬を駆ればまだ間に合う。

骸が残っていれば、より詳しい手がかりが得られ、下手人の捕縛にも繋がりやすいのだ。

「飛ばして参ります」

「誰を付ける」

下手人が逃げている以上、まだ近くに潜んでいるかもしれない。一人で行動する訳にはいかない。

「猪新《いのしん》しかいないでしょうな」

まだ二十歳になったばかりの若い道中役で、名を猪原新右衛門《いのはらしんえもん》と謂う。瀬兵衛は姓名を約《つづ》めてそのように呼んでいた。己の配下の中で、最も馬術が巧みなのだ。

高尾山で漣月と名乗った虚の一味が、薬園奉行配下の住岡仙太郎《すみおかせんたろう》を殺そうとした時、それを救おうとして斬りかかった。結果、漣月の鎖分銅を胸に受けて倒れたが、躰が丈夫なのか骨が折れることもなかった。

あれほどの目にあっていれば、暫くはお役目にも支障が出そうなものである。しかし新右衛門は怖気づくどころか、あのような悪人をのさばらせてはならないと一層勤めに熱を入れている。

「分かった。猪原にも仔細を伝えておこう」

「私も家で支度をしてすぐに戻ります」

「馬の支度をさせておく」

安堵する善太夫に向けて会釈をし、瀬兵衛は屋敷を後にした。

急いで家に帰ると、妻のお妙《たえ》が丁度洗濯物を干しているところであった。

「あら、お早いお帰りで」

呼び出されて出て行ったが、どちらにせよ本日は当番であるため、戻りは昼を過ぎると思っていたのだろう。お妙は睫毛《まつげ》を瞬かせて驚いている。

「お役目で少し遠出することになった。すぐに出なければならない。支度を頼めるか」

「それは大変。少々お待ち下さいね」

洗濯物を一度置き、お妙は前掛けで手を拭きつつ家の中に入っていった。草鞋を解くのも億劫であるため、狭い庭に回って縁に腰を掛けた。

「お役目は何日ほどでしょうか？」

下帯を手にお妙が尋ねる。

「まだ何とも言えぬが、どちらにせよ二、三日で一度戻ることになろう」

「分かりました。ならばこちらで十分ですね」

各地へ赴くことの多い道中奉行配下は、大きさの異なる行李を複数用意している。今回は最も小さな行李で事足りるとお妙は判断した。

「それでいい」

慌ただしく動くお妙を見ながら、瀬兵衛は微笑んだ。瀬兵衛は当年三十九。この己より十五も若い妻の一挙一動を愛おしく思う。

「此度はどちらへ？」

「中山道《なかせんどう》筋の見廻りさ」

瀬兵衛は適当にぼかした。上尾宿の事件の噂は、すでに江戸にも届いているかもしれない。殺しで、しかも下手人が捕まっていないとなれば、お妙は心配するだろう。高尾山の時もそうだったが、このような身の危険が伴う勤めに向かう時、瀬兵衛はいつもごまかしていた。

お妙の父は唸岡彦六《うなおかひころく》と謂い、元は瀬兵衛も大層世話になった道中奉行配下の先達だった。だが、四年前に旗本と些細なことで口論となり、立ち合いの末に斬り殺されたのである。その後、瀬兵衛が二十歳のお妙に求婚し、夫婦になったという経緯がある。

故にお妙は身近な者を失うということに人一倍敏感で、瀬兵衛が捕物で少しでも怪我を負って帰れば、顔を蒼白にして震える。お妙に二度とそのような思いをさせたくはなく、瀬兵衛は努めて危ない事件から距離を置くようになった。昼行燈と陰口を叩かれるようになったのも、その頃からであった。

お妙は行李に荷を詰め終えると、縁まで運んで来た。

「ご無事でお帰り下さい」

お妙の顔に微かに翳《かげ》が浮かぶ。四年前までは己がいかなる事件にも首を突っ込み、執拗に下手人を追い詰めることから、「路狼」の異名を取っていたことをお妙は知っている。夫があの頃に立ち戻ってしまわぬか、いつまでも不安なのだろう。

「大袈裟な。ただの見廻りだぞ」

瀬兵衛は努めて呑気な調子で返した。

「物騒な事件もあったようですし……」

「物騒な事件？」

まさか上尾宿の事件をお妙はどこかで耳にしたのだろうか。瀬兵衛は動揺を悟られないように、間の抜けた返しをした。

「昨日の夕刻、細川越中守《ほそかわえっちゅうのかみ》様の御屋敷の近くで、男が自らに火を付けて身投げしたとか」

聞けば屋敷の裏手というから、新場橋《しんばばし》のことだろう。近くに居合わせた者が、すぐに駆け寄って橋の下を見た。男は暫く手足をばたつかせていたが、やがて沈んでいったという。泡が出ていたのも束の間、やがてそれも途絶えた。

町方が払暁《ふつぎょう》から楓川《かえでがわ》の中を探っているが、屍《しかばね》は未だ見つかっていないらしい。ほぼ同時に奉行所に亭主が帰って来ないという訴えがあった。目撃した者の証言によると、着物や背格好が一致する。南大工町《みなみだいくちょう》の寄木細工職人、和太郎《わたろう》ではないかということだった。

「何か思い詰めることでもあったのだろうか……それにしても女子《おなご》とは耳聡いものだ」

「お米《よね》さんが聞いていらっしゃったのです」

「あの井戸端婆さんか」

近くに住む噂好きの年増である。奉行所の小者あたりが口を滑らしたのだろうが、それほど時も経っていないのに、そこまで詳しく知っていることに苦笑せざるを得ない。

「お前もいつかああなっちまうのかな」

瀬兵衛が軽口を叩くと、お妙はきゅっと口角を上げた。

「なるかもしれませんよ。そうなれば旦那様はどうなさいます？」

「別に何も変わらんさ。どんなお妙でも、お妙だ」

お妙の頬が仄《ほの》かに赤く染まる。

「行って来る」

己でも少々気障《きざ》なことを言い過ぎたかと照れ臭くなり、瀬兵衛は軽く手を振りつつ家を出た。

辻を曲がったところで、瀬兵衛は頬が引き締まるのを感じた。

——お妙は気付いているのかもしれないな。

ここのところ徐々に以前の己に立ち戻りつつあると実感している。訳はただ一つ。くらまし屋の存在である。これまで瀬兵衛もお役目の中で、様々な裏稼業の者たちと遭遇してきた。だが、あの男はそのいずれとも違うと直感している。高尾山の一件でも、真に自身の存在を隠したいならば、己たちのことも斬ってゆけばよかった。それが出来る力はあったはずだ。

——なのにあいつは斬らなかった。

だからといって善人という訳でもなかろう。漣月を殺すことに躊躇いは感じられなかった。己の身に降りかかった火の粉は全力で払うといったところか。

瀬兵衛からすれば生半可な悪人より、そちらのほうが恐ろしい。欲で動く者は分が悪いと思えば、尻尾を巻いて引き下がる。だがあの男の場合、仮に幕府が総力を挙げて捕まえようとしても、屈することはないだろう。そうなれば、くらまし屋の通る道は死屍累々といった様相を呈するのではないか。

「お前は今、何処《どこ》にいる……」

瀬兵衛は燦々《さんさん》と降り注ぐ陽を見上げて目を細めた。

妖《あやかし》の類でないことは確か。ならばこの陽の下、必ず何処かには存在するはず。もしかすると、男もこうして陽を見上げているかも知れない。瀬兵衛は手庇《てびさし》をしながら、なおも夏の陽を見つめ続けた。

## 四

善太夫の屋敷で新右衛門と合流し、瀬兵衛は上尾宿に急行した。葉月ともなれば馬にも十分に水を呑ませねばならないが、最も暑くなる昼頃から空に雲が広がったことが幸いした。曇天の下、二騎は中山道五つ目の宿場である上尾宿をひたすら目指す。

宿場に辿り着いたのは午《うま》の刻（十二時）になっただろうという頃。宿役人はこの事件をどう処理してよいのか右往左往しており、地獄で仏に会ったかのように歓喜して瀬兵衛らを迎えた。

すぐに現場となった旅籠に向かう。二階建てで、上尾宿で最も立派な造りだという。道中同心が調べ終えるまでは商いを止めるように命じられているそうで、主人も己の到着を殊の外喜んでいる。

新右衛門、宿役人を引き連れて瀬兵衛は骸のある一室に入った。

「これは……」

骸は壁にもたれ掛かるようにして項垂れている。すでに異臭が漂い始めており、小蠅《こばえ》も僅かながら飛んでいた。もう少し遅ければ蛆《うじ》が湧き始めたかもしれない。

瀬兵衛は両手を合わせて拝むと、仏の前に膝を折った。新右衛門は手控え帳と、矢立から筆を取り出す。奔放快活な性格だが、ことお役目に関しては真面目な男である。

「傷は？」

新右衛門は首を捻って宿役人に尋ねる。

「心の臓を一突き」

「刺刀《さすが》があるな」

男の側に刺刀が転がっている。

「これで刺し殺したのかも知れませんね」

新右衛門が言うと、宿役人が首を捻る。

「血が付いていないようですが……」

「拭き取ったことも考えられる」

「なるほど」

二人のやり取りを横目に見つつ、瀬兵衛は呟いた。

「さて……どうだろうな……御免」

仏の着物をはだけさせる。確かに一見する限り、傷は心の臓への一刺しのみのようである。

瀬兵衛は傷口の近くに刺刀を持っていき、交互に見比べた。

「違う。これで殺されちゃあいない」

「断言してよいものでしょうか……」

「傷口と刃の幅が合わぬ。間違いなかろう」

「となると、得物は別に」

「刀……いや、脇差か」

瀬兵衛は仏の背中を確かめつつ言った。そもそもこの刺刀で刺し通したならば、ほんの少ししか先が出ない。背の傷も小さなものになるだろう。だが背にもしっかりと傷痕がある。それでいて胸側の傷口に比べてやや小さい。刀ならば同じ大きさになるはずで、刺刀よりも長く、刀よりも短い脇差の線が最も濃い。

「傷口だけでそこまで……」

新右衛門は舌を巻いて手控え帳に筆を走らせる。

「猪新、これを見ろ」

瀬兵衛は仏の腹部を指差した。左の脇腹辺りが青黒く変色している。

「痣《あざ》……ですか？」

「恐らく争った時についたもの。口の周りもやや黒い……隣に泊り客はいなかったのか？」

視線を屍から外さず、今度は瀬兵衛が宿役人に尋ねた。

「いました。旅の商人が三人相部屋で」

「それぞれの身元は」

「確かめております。訝しいところはないかと」

行商の者が宿賃を安く上げるために相部屋にするのは珍しくはない。宿役人の調べによると中山道を行く中で親しくなり、相部屋にしようとなったらしい。中にはこの上尾宿をよく利用する者もおり、事件に関与していたとは思えないという。

「物音は聞かなかったのか？」

「未《ひつじ》の下刻（午後三時）頃、一度だけ。ただどうやら片方が転んだらしく、笑いながら話す声も聞こえたと」

「その時だろうな」

これだけで様々なことが解る。心の臓を落ち着き払って貫くなど、なかなか出来ることではない。下手人はかなり手慣れていると考えられる。場数を踏んだ者だとすれば、先に仕掛けたなら声も上げさせずに首を掻き切ることも容易かろう。それなのに物音がしたということは、仏から襲い掛かったのではないか。つまり刺刀はこの男のものということになる。

「篠崎様、笑いながら殺したということですか……?」

新右衛門は頰を引き攣《つ》らせた。

「ああ、物音をごまかすためだろう。かなり場慣れしているな。恐らくはこうだろう」

瀬兵衛はすっくと立ち上がり、新右衛門を仏役にして実演を始めた。

「まず仏が襲いかかる」

瀬兵衛が顎をしゃくると、新右衛門は筆を刺刀に見立ててゆっくりと手を突き出した。

めである。

「最初に口」

掌底を繰り出し、口辺を包み込むようにして壁に押し付ける。声を上げさせないた

「だが口だけでは逃げられる。ここで膝だ」

右膝で腹部を圧迫する。これでもう身動きが取れない。脇腹の痣はこの時についた

ものだろう。

「恐らくこの時か、壁に押し付けた時、笑いながら話す。隣の者は転んだとしか思わ

ない……そして脇差を抜いて……」

目を見開く新右衛門の口からすっと手を離した。

「一連の動きを素早く行ったことから、やはりかなりの手練れだ」

「そのようなことが真に出来るでしょうか……」

新右衛門は眉間に皺を寄せながら首を捻った。

「出来る者がいることを、お前はもう知っているだろう?」

瀬兵衛が言うと、新右衛門は思い出したように頷く。高尾山で対峙した漣月、榊惣《さかきそう》

一郎《いちろう》と名乗った虚の二人の剣客、そしてくらまし屋。あれほどの者たちならば難なく

やってのけるに違いない。

「隣客は聞こえた内容を覚えていないのか？」

瀬兵衛は再び宿役人に訊いた。

「それが一つだけおかしなことが……宿帳には勘太郎とあったのに、『わたろう』と呼んでいたらしいのです。聞き間違えではないかと何度も訊いたのですが、親戚に同じ名の者がいたから確かに覚えていると」

「わたろう……」

瀬兵衛は顎に手を添えて黙考した。どこかで聞いた名である。それもごく最近の話。少しずつ記憶を巻き戻していくと、すぐに思い当たった。

「新場橋から身を投げた男か」

今朝、お妙から聞いた話である。確か南大工町の寄木細工職人で、自ら火を付けて身投げをし、暫く手足をばたつかせた後、沈んで泡を出していたのも束の間、それも途絶え未だ屍が上がっていないとのこと。そのことを新右衛門に伝えると、苦笑しながら眼前で手を振った。

「偶然でしょう。新場橋から身投げして、どうやってこの上尾宿で見つかるのです」

「だが偶然にしては出来過ぎている」

そもそも決して多くはない名である。

この仏の本名が「わたろう」だったとするならば、翌日に同名の者が江戸で身を投げたことになる。

——職人の「わたろう」は何のために自分に火を付けた。

その奇異な行動も気になった。焼死が凄まじく苦しいことは想像出来る。死に到るまでの痛苦も恐ろしいが、もし死にきれなければ、それこそ生き地獄だろう。焼け死ぬことを選びながら、わざわざ川の上で火を付けるだろうか。身投げということならば重りを抱えて飛び込めばいい。明らかに矛盾した行動を取っているのだ。

追い詰められて錯乱していたことも考えられるが、それよりも、

「人に見せるためか……」

思わず心の声が零れ出て、新右衛門が反応する。

「どういうことですか？」

「往来を行く者の目を引き付けたかったのではないか」

自らに火を放つような者を目撃した場合、ほとんどの者がその光景を鮮烈に記憶するだろう。橋から落ちたならば駆け寄って下を覗く者も出るかもしれない。実際、お妙の話だとそのような行動を取った者もいたらしい。

「人の目を引くためならば、わざわざ人通りの少ない黄昏《たそがれ》時にする必要がありますか

ね」

「明るいと困ることがあったと見るべきだ」

目撃者の話では、和太郎は暫くもがいていたようだがすぐに沈んでいった。水に落ちたことで火は消えたはずで、潜水してその場を離れたのではないか。昼間ならば泳いでいる姿を見られてしまうため、視界の悪くなる黄昏時を選んだのではなかろうか。

「先ほど、水面に暫くの間、泡が出ていたと……」

新右衛門は怪訝《けげん》そうに首を捻った。

「石を括りつけた革袋を膨らませて懐に忍ばせる。落ちた時に小刀のようなもので穴を空ければ、底に沈んでいくように見えるだろう」

それらのことを落ち着いて行うのは容易くない。だがこの仏を殺した者、あるいは仲間であるならば、やってのけても何らおかしくはない。

この殺された男が寄木細工職人の和太郎かどうかを確かめるには、女房に見せるのが一番だろう。だが、あくまで仮説の域を出ないし、間違っていれば酷いものを見せることになる。真にこれが和太郎だとすれば、それはそれで酷い。この暑さで骸はすでに傷《いた》み始めているのだ。

「仏を埋めてやってくれ」

迷った挙句、瀬兵衛は宿役人に告げた。

「よろしいので？」

「殺しであることは間違いないし、状況もほぼ読み取れた。男の衣服は預かる」

着ていたものを女房に見せれば、何か判るかもしれない。

「あと新右衛門、男の黒子《ほくろ》の位置を全て記録に取れ」

誰でも黒子の一つや二つはあるもの。連れ合いならばこれも覚えていよう。

「はい。分かりました」

新右衛門は応《こた》えたものの、顔は苦り切っている。すでに腐臭が漂っている骸なのだ。その躰を調べるのは気分のよいものではないが、これもお役目である。

「今日のうちに、江戸に取って返すぞ」

瀬兵衛はそう言うと、率先して素姓の知れない男の衣服を脱がせ始めた。新右衛門も慌てて、手控え帳と筆を宿役人に預けて手伝う。

――お前は誰だ。

瀬兵衛は手を動かしつつ、心の中で問うた。和太郎であるかどうか以前に、この男は善人だったのか、悪人だったのかも判らない。たとえ悪人であったとしても、その無念を汲《く》み取る。それが己のお役目だと思い定めている。

# 第二章　昼行燈《ひるあんどん》

## 一

夕刻、篠崎瀬兵衛《しのざきせへえ》は猪原新右衛門《いのはらしんえもん》と共に江戸に取って返した。折角、お妙《たえ》に二、三日分の支度をしてもらったが、予想以上に早い戻りになった。

一度、松下善太夫《まつしたぜんだゆう》に仔細を報告して馬を返すと、その足で南町奉行所に向かった。江戸には南北の奉行所があり、月番制を採っている。当月は南町奉行所の番であった。

今年は残暑が厳しく、日が沈んだ後も蒸し暑い。瀬兵衛は手拭いで額の汗を押さえながら、足早に歩く。

「休む間も無しですね」

若い新右衛門も、茹《うだ》るような暑さに流石《さすが》に肩で息をしている。

「時が経てば経つほど、事件の解決は難しくなる。探索は迅速を尊《たっと》ぶのだ」

「勉強になります。篠崎様を侮っている奴らに見せてやりたい」

暑さのあまり思わず口にしてしまったのだろう。新右衛門はあっと声を上げて黙った。

「知っているよ。気にしちゃあいない」

瀬兵衛は手拭いをひらひらと宙に舞わしながら笑った。

「しかし……篠崎様が優れておられることは、私たちは知っています」

下役である道中役たちは、皆口を揃《そろ》えてそのように言ってくれる。

「普通にお役目を全うしているだけさ」

これまでも、己を悪く言う者がいて悔しいと言っていた配下はいた。だが反論する必要は無いと、その度に釘を刺している。

腕が優れていようとも命《いのち》を賭《と》す覚悟を失った時点で、土壇場のところで差が出ると思っている。まず有り得ないことだが、再び乱世が来て幕臣たる己にも出陣の命《めい》が下ったとしよう。もしそうなったなら、さっさと禄を放り出して武士を辞めるだろう。

己はお妙と添い遂げることに一生をかけたいと思っている。お役目には真面目に取り組むが、それは今や恙《つつが》ない暮らしを送るための手段でしかない。

「さて、行くか」

南町奉行所に着くと、潜り戸を叩いて姓名を告げた。上役の松下善太夫から一筆貰《もら》ってきているため、すぐに事件を担当する与力のもとへ通された。

与力は事件のことを詳《つまび》らかに語ったが、お妙が聞いてきた内容とさして変わりはない。追加で判ったことは二つ。一つは、

「半ばまで焼けた着物が見つかった。見かけた者もそれを着ていたと証言している。和太郎《わたろう》の女房にも確かめたが、前日に亭主が着て出たものに間違いない」

と、いうことである。今一つ判ったこと、それは和太郎の来し方であった。

何でも腕のよい寄木細工職人だったらしく、三年前に小田原《おだわら》から女房と共に江戸に出て来たらしい。商いは順調そのもので、暮らし向きも困っているという訳ではない。

「だが、一つ……よからぬ噂がな」

与力は声を落として話し始めた。和太郎は女房がいながら、他の女とも出来ているという噂があった。川口町《かわぐちちょう》に毬屋《まりや》という小料理屋がある。そこに住み込みで奉公している、お近《ちか》と謂《い》う女らしい。すでに奉行所の者が聞き込みをしたが、お近は和太郎との関係こそ認めたものの、ここ一月《ひとつき》ほどで一度会ったが、たわいもない話をして別れただけだという。

「ありがとうございました」

瀬兵衛は深々と頭を下げて、南町奉行所を後にした。屋内も暑いとはいえ、外とは

比べ物にならない。またむっと汗が滲《にじ》んでくる。

「次はいかが致しますか？」

「女房のところだ」

瀬兵衛はずんずんと先を歩く。目的地は和太郎の家のある南大工町である。

訪ねると、すぐに女房が出て来た。その顔には疲れの色が浮かんでいる。和太郎が死んだと決まればともかく、現状ではそうとも断定出来ない。最も辛い時を過ごしているることになるのだ。

——これは何も知らないな。

その様子から瀬兵衛は直感した。

「この着物に見覚えはないか？」

新右衛門に目配せをし、風呂敷包みから着物を取り出させた。上尾宿で死んでいた男が身に着けていたものである。その瞬間、女房の顔色がさっと変わった。

「これをどこで……」

「すまぬが、今は明かせない……亭主の物で間違いないのだな？」

「はい。そうです。ここに私が繕《つくろ》った跡が」

瀬兵衛が頷《うなず》くと、新右衛門は手控え帳を捲《めく》って訊《き》いた。

「亭主は肩に大きな黒子《ほくろ》がなかったか？」

「ええ、左肩の付け根に」

瀬兵衛の読み通り、上尾宿で殺されたのは和太郎で間違いないようである。

「うちの人は……」

「すまぬが、今は……」

瀬兵衛は下唇を嚙《か》みしめて深々と頭を下げた。何度訊かれても、まだ今の段階では話すことは出来ないのだ。

町人に頭を下げるなど、武士の威厳が保てぬという者もいることは知っている。だが、行方知れずの亭主を待つ身の胸中を思えば、誠心誠意詫びるしか出来ることはない。

和太郎の女房が絶句する中、瀬兵衛は低く力強く続けた。

「事の真相が分かり次第、必ず伝えると約束する。なので騒がぬよう……」

「分かりました……」

心苦しいが、手がかりを得るために心を鬼にして重ねて訊いた。

「町方に焼けた着物を見せられたと思うが、和太郎が家を出た時に着ておったのは、それではなく、こちらの着物ということだな」

「いえ、あの朝に着ていたものではありません」

「何⁉」

「十日ほど前から見当たらなかったので、あの人に知らないかと訊いたのですが……知らないと」

――どういうことだ。

瀬兵衛は汗の滲む額に手を触れた。

十日ほど前に誰かに盗まれて利用されたのか。いや黒子の位置からも上尾宿の仏が和太郎であったと見て間違いない。つまり和太郎は十日ほど前から着物を持ち出し、どこかに置いていたことになる。

家を出た和太郎は、予《あらかじ》めどこかに隠していた着物に着替えた。何のために。

――やはり死を偽装したか。

当日、和太郎が着て出た着物を使うことで、死んだように見せかけたのだ。だが事件の流れからすれば、何者かに勾引《かどわ》かされたとは思えない。和太郎自身が進んで、姿を消すことに協力している節がある。そこまで考えた時、瀬兵衛の頭にある男の姿が過《よぎ》った。

「くらまし屋……」

「え？」

思わず口を衝いて出たが、和太郎の女房は聞き覚えがないらしく怪訝そうにしている。

「失礼した。訊きたいことは以上だ。くれぐれも自棄《やけ》を起こさぬようにな」

瀬兵衛は柔らかな口調で諭し、和太郎宅を後にした。

「篠崎様……先ほど……」

新右衛門の顔にも緊張が走っている。

「ああ、すまない」

「くらまし屋が事件に関わっていると？」

「解らない。だが和太郎が自らを晦《くら》まして貰おうと、くらまし屋に依頼したと見ると辻褄《つじつま》が合う」

「晦まして貰ったあと、何者かに刺殺されたということか……」

瀬兵衛は口を真一文字に結んで首を横に振った。

「いや、晦ませる途中だったのではないか」

「え……」

「何らかの理由で和太郎が、くらまし屋に襲い掛かった。そこを返り討ちにされたと俺は見る」

あくまでこれが、くらまし屋の仕業《しわざ》と仮定しての話である。

高尾山《たかおさん》から帰った後、くらまし屋について、瀬兵衛もさらに町の噂を集めてみた。確かに銭さえ払えば、いかなる者でも晦ませるという話がある一方、その身を狙えば必ず殺されるという話もちらほら聞く。和太郎は何の理由で襲ったかは解らないが、現場に落ちていた刺刀からみてもそう推察すると辻褄が合った。

「お近に会う」

残る手掛かりはそれだけ。瀬兵衛は川口町にある小料理屋、毬屋へと足を向けた。毬屋の暖簾《のれん》を潜ると、若い奉公人が顔を出した。

「二人、いけるかな？」

瀬兵衛は呑気な調子で尋ねた。聞き込みをすると思っていたのだろう。新右衛門が訝しむが、瀬兵衛は目で制する。込み入った話もあるので、座敷がいいと付け加えた。口開けの客だったようで、奥の一室に通される。

適当に酒と肴《さかな》を注文し、部屋に新右衛門と二人きりとなった。

「お近から話を聞くのでは？」

「まあ、話を合わせてくれ」

「はあ……」

新右衛門は要領を得ないようである。暫くすると酒と肴が運ばれて来た。運んで来たのは、先ほどとは別の男である。

「ちと尋ねるが、こちらにお近という女子《おなご》はおるかな？」

瀬兵衛は早くも銚子に手を付けながら訊いた。

「はい。おりますが」

「やはり。家内が世話になったようなのだ。礼を言いたいので、呼んできては貰えないだろうか」

「分かりました」

男は全く疑う様子もなく微笑《ほほえ》む。お近の人となりからして、大いに有り得ることなのだろう。

「とりあえず、呑め」

瀬兵衛は新右衛門に盃《さかずき》を持たせて酒を注いだ。肴にも少し箸《はし》を付けた頃、襖《ふすま》が開いて女が入って来た。世間で言う美人には当て嵌《は》まらぬが、愛嬌のある顔立ちをしている。

「お近さんかね？」

「はい。お話を聞きましたが……」

思い当たる節がないようで困惑しているが、瀬兵衛の作り話なのだから当然である。

「酒を注いでくれないか」

瀬兵衛は努めて穏やかに言い、お近は隣に移って銚子を手に取った。

「お名前は……」

「くらまし屋さ」

酒を注いでいたお近の手が震え、さっと顔を覗《のぞ》き込む。膝に酒が零れたが、瀬兵衛は身動き一つせず続けた。

「くらまし屋は一人じゃあない」

あながち嘘ではない。高尾山で阿《あ》部《べ》将《しよう》翁《おう》を晦ませた手口は、どう考えても一人で成し得るものではない。仲間がいることは朧《おぼろ》気《げ》に解る。

「まだ何か……」

お近は蚊の鳴くような声で言った。銚子を膳に戻すのも忘れ、両手で包むようにして膝の上に置いている。

——間違いない。お近はくらまし屋を知っている。

かまをかけてみて正解だった。このまま、くらまし屋の一味の振りをして話を進めるかとも考えた。だが、どのように出逢ったか、詳細が分からぬ以上、すぐに露見する嘘である。そうなれば口を閉ざして、二度と話さないだろう。真正面から切り込むしかないと決めた。

「くらまし屋に依頼したな」

お近があっと声を上げ、顔を引き攣《つ》らせた。

「私は道中同心の篠崎瀬兵衛という者だ。騙《だま》すような真似をしてすまない。どうしても話が聞きたいのだ」

瀬兵衛は畳みかけるように話した。

「私は何も……」

「頼む」

「話すことはありません」

「知らぬとは言わぬのだな。話せないのか」

お近の顔に何故解ったと書いてある。くらまし屋は依頼人に掟《おきて》を課すという噂がある。話してはならぬというのも、その一つと見た。

「ではこうしよう。私は今から独り言を言う。もしそれが当たっていたならば、酒をもう一度注いでくれ。それなら掟を破ることにはなるまい」

瀬兵衛は盃をくいと傾けて呑み干した。お近は戸惑ったように俯《うつむ》く。認めたならば引ったてられて、お白洲《しらす》にかけられると思っているのだろう。

「心配無い。話が終われば、それ以上の詮議はしない」

視線を送ると、新右衛門も熱っぽくお近に語り掛けた。

「私からも約束します。私たちは事件の真相を知りたいのです。このままでは和太郎は無縁仏として、上尾宿で眠ることになります」

和太郎の名が出たところで、お近の肩がぴくりと動いた。暫《しば》しの静寂が訪れ、やがてお近は小さく頷いた。それを見届けると、瀬兵衛は鷹揚《おうよう》な調子で話し始めた。

「私の読みでは、くらまし屋に依頼したのは和太郎だ。恐らくお主と共に逃げる段取りだったのだろう……」

瞑目《めいもく》して思い浮かべるは、高尾山で見たくらまし屋の相貌。瀬兵衛は言葉を継ぐ。

「だが和太郎は掟を破り、くらまし屋に討たれた。くらまし屋はお主も裏切ったのではないかと考え、再び会いに来て確かめた。だがお主は何も知らなかった」

和太郎が何故、くらまし屋を裏切ったのかは解らない。だが今重要なのは、この一件にくらまし屋が噛んでいるのかどうかということである。

お近が口を窄《すぼ》めて銚子を浮かせる。

瀬兵衛は盃を掲げて酒を受けると、天を仰ぐようにして一気に空けた。

「ありがとう。助かった」

財布から金を取り出して膳に置くと、瀬兵衛は立ち上がった。ここで知れることはここまで。お近はくらまし屋への繋《つな》ぎ方も知らぬであろうし、くらまし屋がここに姿を見せることももう二度となかろう。

毬屋を後にすると、新右衛門と連れ立って松下善太夫の屋敷へ足を向けた。

「いかが致しましょう……」

新右衛門は困り顔で尋ねる。このまま報告するか否《いな》かということである。

「信じろと言っても難しいだろうな」

くらまし屋の存在自体、上は眉唾《まゆつば》だと思っている。しかも証拠は何一つ無い。敢えて挙げるならば、お近の証言である。だが公にすれば、お近の命が危険に晒《さら》されるかもしれない。

「和太郎は何者かと共謀し、己を死んだように見せかけ、中山道《なかせんどう》からどこかへ向かおうとした。しかしその途中、諍《いさか》いがあって斬り殺された。ここらが限界さ」

せめて和太郎を妻の元に帰してやることしか出来ない。もっともそれは和太郎が望んでいたことなのか。お近の元に帰りたいと思っているかもしれないし、もっと他の無念を残しているかもしれない。

だが、今となってはそれも解らない。きっとこの事件は、表の道を歩いている己たちには想像もつかぬ何かの一端なのだろう。これ以上踏み込めば己たちも危うい。そう考えて瀬兵衛はここで探索を打ち切った。

## 二

和太郎の探索以降、日常のお役目だけを務めていた瀬兵衛が、再び松下善太夫に呼び出されたのは、三月《みつき》経った霜月《しもつき》（十一月）の半ばのことであった。

いつもは間の抜けた善太夫であったが、その日は緊張で頬を強張らせている。何か重大なことが出来《しゅったい》したのだろう。

「お主……何かしたか」

善太夫は顔色も悪く、声も上擦っている。

「は……と、言いますと？」

何の話か分からず、瀬兵衛は眉を顰《ひそ》めた。

「お主に参上せよとの命が下った」

何か悪事でも働いたと言わんばかりであるが、とんと思い当たる節が無い。

「何処《どこ》へでございましょうか」

瀬兵衛の問いに、善太夫は一拍置いて喉仏を動かす。

「御側御用取次《おそばごようとりつぎ》、主殿頭《とのものかみ》様の御屋敷だ」

本日ならば在宅している故、すぐに来てくれても構わないという。瀬兵衛は善太夫の屋敷を辞すと、その足で向かうことにした。

——何かまずいことでもしたか。

流石に少々不安を感じる。

御側御用取次といえば、将軍への取次を行う役職。幕閣のお歴々と比すれば、格は劣るが、将軍の側近くに仕《つか》えるという点で、一目置かれている。

またこのお役目を担った後は、若年寄、ひいては老中に抜擢される者も多く、それを見越して、懇意にしたいと思う者も少なくない。同時に目を付けられることを恐れられもしている。

中でも己を呼び出した「主殿頭様」は、御側御用取次の中でも相当な切れ者であると評判だ。先代吉宗《よしむね》が一紀州藩士から取り立て、世間も仰天する早さで出世を重ねている男である。

屋敷に辿り着くと、己の姓名を告げた。この時点でも何かの間違いではないかと、半信半疑であったが、取次の武士は一礼して中へと請じ入れた。

今年はまだ雪こそ降っていないが、本日も吐息が白くなるほどの寒さ。廊下の冷たさを足に感じながら、瀬兵衛は視線を動かした。

隅々まで綺麗に掃除が行き届いており、埃《ほこり》の一つも見当たらない。当人が几帳面な性質なのか、それとも家人をよく教育しているのか。あるいはその両方か。そのようなことを考えながら、案内《あない》されるままに一室に通された。

人の一生とは上り詰めた時よりも、その過程のほうが多忙を極めるというもの。そういった意味では、己を呼び寄せた相手はこの国で一、二を争う忙しさのはず。暫《しばら》くは待たされることを覚悟していたが、襖が開くまでそう時は要さなかった。

外側にいくにつれて太くなる眉。鼻梁は通っているが小鼻は左右に大きく張り、唇はぼってりと厚い。その主張の強い相貌とは裏腹に、男は丁寧な口調で語り掛けた。

「来てくれましたか」

己のような者にまで丁寧な言葉を遣うとは思ってもおらず、瀬兵衛は畏《かしこ》まってさらに頭を下げた。歳は当年三十五と聞いている。男として最も脂の乗り切った時期で、その柔らかな物言いの奥に確たる自信が窺《うかが》えた。

「道中奉行配下、同心の……」

「篠崎瀬兵衛殿だな。妻女は唸岡彦六《うなおかひころく》どのの息女。不憫《ふびん》なことであった」

瀬兵衛の鼓動が速くなる。まず己のような微禄の者にまで通じていることにも驚く。そして男の口調はまことに慈愛に満ち溢《あふ》れており、真に胸を痛めているように思えた。

――これは……。

この男、よい噂ばかりではない。誰彼の区別なく賄賂を受け取り、それをもって自身が出世出来るように人を周旋しているとも聞く。だが、会って一瞬のうちに心を鷲《わし》摑《づか》みにする魅力を有していることは確かである。これこそが昇り龍の如く出世を重ねる最も大きな要因ではないか。

「御側御用取次を務める、田沼《たぬま》主殿頭意次《おきつぐ》と申す」

「は……」

瀬兵衛は畳の目の隙間が見えるほど頭《こうべ》を垂れた。

「突然呼び立ててすまない。さぞかし驚かれたことだろう」

「正直なところ、仰《おつしや》る通りにて。何故、私のような者を……」

田沼は二度、三度頷いて応じる。威張ったような様子は微塵《みじん》もない。

「まず、私は道中奉行殿と懇意にさせて頂いている」

綿に包んだような言い方だが、有り体に言えば、道中奉行は己の派閥に属しているという意味であろう。

「高尾山の一件も田沼様のお指図で」

田沼は眉を持ち上げ、些か驚いたような表情になった。

「私の見立てに間違いはなかったようだ。貴殿は賢《さか》しい」

「滅相もございません」

「いや、遜《へりくだ》らずともよい。あの件は確かに私が要請した。頼まれて動かしたといったほうがよいか」

「頼まれて……」

「うむ。そこから話すほうが解りよいだろう。私は御老中の松平武元《まつだいらたけちか》様の知遇を得ている」

なるほど。話が少しずつ見えて来た。今の幕府には二つの大きな派閥があるということは、少し政《まつりごと》に通じている者ならば皆知っている。一つが松平武元派である。その中の小派閥が田沼派で、そこに道中奉行が入っているという構図であろう。与《あずか》り知らぬところで、己も田沼派の一員になっていたということにもなる。

「では御老中の命で」

「左様。幕府に長年仕えた阿部殿を、葬り去ろうとするなど言語道断と、お怒りになって、私を通じて道中奉行を動かしたということだ」

——ここからは気を引き締めねば。

瀬兵衛は唾を呑み込んだ。ここまで内幕を明かしたということは、もしや何らかの密命を下そうとしているのではないか。迂闊《うかつ》な受け答えをする訳にはいかない。

田沼はこちらが身構えたのを察したようで、細く息を吐いて言葉を継いだ。

「単刀直入に言う。貴殿に御老中の身辺を固めて頂きたい」

様々な疑問が一気に噴出する。その一つ一つを確かめていかねばなるまい。

「御老中は何者かに狙われていると」

「今のところは無い」

田沼は小さく首を横に振った。

「ではまさか……」

武元の護衛の名目で側近く控え、何か弱みを掴めというのか。そうだとしたら、田沼は己の派閥の長たる武元の上に立とうとしていることになる。

「私は御老中に心服している。裏切るつもりは無い」

慧眼《けいがん》である。こちらの心の内を全て見抜いている。

「では何故」

「ここからは秘事中の秘事だ。上役にも他言無用ぞ」

そのようなことを話されては困る。そう思ったのも束の間、田沼はこちらの返答も聞かずに続けた。

「御老中は姿を晦まそうとなさっている」

「なっ――」

吃驚《びっくり》する瀬兵衛を、田沼は掌《てのひら》を向けて制した。

「落ち着いて聞いて下され。何も一生、姿を消そうとしておられる訳ではない。会いたい御方がおられ……決まった日にある場所まで赴きたいとお考えなのだ」

「では、そのように家臣に命じれば……」

「故は申せぬが、誰にも知られてはならないのだ。その御方の存在を知っているのも、私を含めごく僅か」

存在すら明かせぬ相手とは一体何者か。考えられるのは武元の派閥を裏で助けているような人物。仮にそうだとしても、決まった日に会わねばならぬというのも訳が解らない。

「何とか叶えて差し上げられないか。私も随分と頭を捻った。だが、どうしても難しい……秘密を漏らさぬようにするためには護衛も二、三人と僅かになろう」

瀬兵衛にぴんと来るものがあった。先ほど武元は狙われているのかと訊いた時、田沼は、

――今のところは無い。

と、答えた。つまり、

「その機を逃さず、襲って来る者がいると」

瀬兵衛は、声を畳に添わせるが如く低くした。

「その通り。虎視眈々《こしたんたん》と御老中のお命を狙っている者がいる。その者からすれば、またとない好機となる」

それが誰なのか推測は出来る。恐らくは幕閣を二分しているもう一つの派閥の領袖《りようしゆう》。

――酒井忠寄《さかいただより》だな。

出羽庄内《でわしようない》十四万石の藩主にして、異例の早さで老中に取り立てられた男である。瀬兵衛はその名を口に出さず、だが、誰か解ると頷いて見せた。

田沼は厚い唇の隙間から大きな溜息を零す。

「御老中は聡明な御方。普段は気儘など申されることはない。だが此度は私が何度お止めしても、なかなか首を縦に振って下さらなかった」

気儘という言葉が引っ掛かる。つまり政のことではなく、会いたいのは武元自身に

纏《まつ》わる人物なのかもしれない。

「なかなか……と、いうことは了承して下さったのですね」

「貴殿はまことに話が早くて助かる。その通り、一応は納得して下さった」

しかし田沼にはまだ諦めていないように思えるらしい。その証左にお役目の途中でも、武元は何処《どこ》か心ここにあらずという目で茫《ぼう》と宙を眺めている時があるという。そのようなことは、今まで一度たりともなかった。田沼はそう断言する。

「御老中は独りで姿を晦ませるおつもりだと見ている」

これまで用いてこなかった御庭番衆を、近頃になって頻繁に呼び出しているようだという。己の派閥に属している田沼たちにも知られぬよう、失踪を画策しているのではないかと思い至った。

「そこを、狙われるかもしれぬとも……?」

「私はそう見ている」

「故に道中奉行配下で見張れということですな」

武元に万が一のことがあれば、酒井の独り舞台になることは火を見るより明らか。そうなれば武元派に属している田沼もただではすまない。

「私のためではない」

またもやこちらの考えを見抜いたようで、田沼は先んじて言った。瀬兵衛はおやと眉を上げた。とても言い訳をするような男には思えなかったのだ。

「御老中を失えば幕府は瓦解する」

今の幕閣の中で、武元こそ最も真摯《しんし》に政の行く末を見つめている。田沼はそう見定めて、早い段階から支えてきたらしい。保身を図ってのことではないと言う。

「もう一方の御方では駄目だと？」

「酒井殿は何か途方もないことを考えておられる」

「途方もないこと？」

問い返すと、田沼は渋い顔で頷く。

「それが何かは解らぬ。だがな……」

近頃、御府内で抜け荷が頻発しており、武元を中心に取り締まりを強化していた。

「捕らえた抜け荷船の中に、藩の割符を持った者がいたのだ」

これまで名の出た大名家は四家。問い合わせたが、いずれもそのような記録はない、恐らくは偽造だろうと突っぱねた。そのような言い訳を鵜《う》呑《の》みには出来ぬと、さらに問い詰めようとしたが、それは未だ達成出来ていないらしい。

「四家ともに、酒井殿と極めて懇意にしている。中には御内室の御生家である、安芸《あき》浅野《あさの》家もあった」

他にも怪しい点はある。寛保《かんぽう》二年（一七四二年）に肥沃《ひよく》な越後《えちご》の領地を幕府に返納し、代わりに田川《たがわ》、飽海《あくみ》一万五千六百石を欲し、同五年には由利《ゆり》郡内の一万三千石を預かりたいと申し出て容れられた。いずれも海運の拠点となる地で、これも何かの布石だったのではないかと田沼は訝しがっている。

「つまり……酒井殿が諸藩を唆《そそのか》して、抜け荷を行わせているとお考えでしょうか」

「私はそう見ている。自ら割符を出さず、諸大名を嚙ませるあたり、狸《たぬき》の考えそうなことよ」

田沼は露骨に嫌な顔をして、視線を天井へと外した。

瀬兵衛は、直接姿を見たことはないが、酒井はでっぷりと肥えているという。また毛の一本一本が細く、結った髷《まげ》を遠目に見ると、茶にも灰にも見える。その風体から武元派の中には、そのように揶揄《やゆ》する者もいるらしい。

「狸とは痛烈ですな」

「まあ、私も狸と呼ばれている」

瀬兵衛は眉を開いて返事とした。確かに田沼のことを同様の渾名《あだな》で呼ぶ者もいる。だが、流石に面と向かって認めるのは礼を失するであろう。

「若狸が古狸を嫌っていると思って頂いても結構だ」

話を聞き、田沼が武元を尊敬していることはひしひしと伝わっている。もしかしたら田沼は武元を押し上げるため、汚れ役を一手に引き受けているのかもしれないと感じた。

「仔細は分かりました。しかし腑《ふ》に落ちないことも」

「何でも訊いて下され」

ここまで話してきて随分と砕けた口調になっていたが、田沼は改まったように膝を揃えた。

「何故、奉行殿を飛ばして私にこのような話を……」

上役である道中奉行が田沼の下についていることは理解した。だが何故、その奉行や与力をすっ飛ばし、一同心にこのような話をするというのか。

「高尾山ではしくじったからな」

田沼は幕府内に将翁を抹殺しようとしている者がいることは伏せ、道中奉行に、

——阿部将翁を警護せよ。

と、だけ命じた。

そのせいで現場は混乱を来《きた》し、間隙を突かれて将翁は失踪。本来の役目を果たせな

かった。

今回はそのようなことがあってはならないと、綿密な指示を伝えたかったのだという。だが、奉行、与力、そして己と秘事を三人に教えねばならぬのも、それはそれで好ましくないと考え、頭越しに己に命じることを決めたという。

なるほど筋は通っている。だがもう一点、気に掛かるのは、

「何故、私に。同心は他にもいるはず」

「私の調べた中では、貴殿が最も有能。路狼《みちおおかみ》と呼ばれた貴殿がな」

「かつてのことです……」

「いや、高尾山でもいち早く御庭番の企みを看破した。腕は鈍ってなかろう」

妻のことや、義父のことまで調べ尽くしているのだ。

瀬兵衛に断るという選択肢は無いだろう。仮にここで断ったとしても、田沼は正式な手順を踏み、己を指名して武元の警備に当たらせる。それに背くということは、幕臣を辞すことと同義である。

「道中奉行配下を使うということにも、意味はありそうですな」

「流石だ。件の日、御老中は行列をしたてて城を出る予定になっている」

今より二月前の九月十三日、松平忠祇《ただまさ》が治める下野《しもつけ》国宇都宮《うつのみや》藩内で大規模な一揆が

起こった。財政難に陥った宇都宮藩が年貢を重くしたことに端を発し、百姓四万五千人が打ちこわしを始めたのだ。

首謀者である鈴木《すずき》源之丞《げんのじょう》は先月、十月十九日に処刑された。だが百姓たちの訴えももっともなところがあり、領内はまだ不穏な空気が流れている。

武元がこの宇都宮藩の視察に赴くと言いだしたのが、十日前のこと。それが件の日であったため、田沼はこの道中での失踪を企んでいると見た。

「それは確かに道中奉行配下の管轄ですな」

「ああ、それにしても真に頭が切れる。道中同心においておくのは惜しい男よ」

顎を引いてまじまじと見つめる田沼に、瀬兵衛は苦笑で返した。

「登進のお声掛けでしょうか」

「その気はあるか？」

語調に一気に真剣さが満ちる。

「経上《へ》がれば、忙しくなりましょう。私は出来得る限り、妻と過ごす時を大事にしたいのです」

「故に昼行燈を装うか。確かに妻は大事にせんとな。私も心掛けている」

「田沼様も？」

瀬兵衛は目を丸くした。お役目一辺倒で、家のことなどは顧みない印象を持っていたからである。

「家政を蔑《ないがし》ろにする男が、幕府の大政を担えるはずなかろう？」

田沼はどこか悪戯《いたずら》小僧を思わせる不敵な笑みを見せた。やはりこの男は只者ではない。これからさらに上り詰めていく。瀬兵衛はそのように感じ、襟《えり》を正して改めて言った。

「全力を尽くします。件の日は何時？」

にじり寄りながら、田沼は一層声を落として囁《ささや》いた。

「師走《しわす》二十日」

残すところあと一月しかない。それまでに出来る限りの備えをしなければならない。すでに瀬兵衛の頭は目まぐるしく旋回を始めている。

三

平九郎《へいくろう》が氷川神社を後にしたのは、陽も落ちて辺りが暗くなった頃。結局、その後も客足は途切れず、飴《あめ》が無くなるまで店仕舞い出来なかったのである。そこから屋台車を家に戻し、戌《いぬ》の刻（午後八時）にはなろうかという時、ようやく波積《はづみ》屋の暖簾を潜った。

　戸を開けた瞬間、お春《はる》と鉢合わせの恰好となった。

「あ、平さん！」

「おっ、出るのか？」

　二人の声が重なってどちらからともなく笑い合った。

「もう暖簾をね」

　この時刻になれば暖簾を下ろし、新たな客は入れないこともままある。

「じゃあ、今日は……」

「気にしないでおくれ」

　板場から茂吉《もきち》が大きく手招く。このように遅く訪ねることは、依頼の相談を除いてまずない。だが今日は一日中働き詰めで、どうしても一杯やりたかったのだ。茂吉の言葉に甘えて中へ入ると、相も変わらず奥の小上がりに赤也《あかや》がおり、挨拶《あいさつ》代わりに盃を掲げる。他に客は一組だけ。もう店仕舞いも近い。

「今日は陽気なようだ」

　平九郎は向かいに腰を下ろすなり言った。

「聞いておくれよ。今日は大勝ちさ」

博打《ばくち》に興味の無い者が赤也の話を聞けば、よくそれほど毎日賭場が立っているものだと思うだろう。だが事実、香具師《やし》の元締めがやっているような大きな賭場から、貧乏旗本の中間《ちゆうげん》部屋で行われる小さな賭場まで、江戸では毎日どこかで博打が行われているのだ。

当然、御定法に背くもので隠密裏に行われているが、幕府も一々その全てを潰すことは出来ず、ごく稀《まれ》に見せしめのように挙げていた。

「幾らだ」

「十両」

赤也は盃を置くと、諸手をぱっと開いた。

「でけえな。丁半か？」

「いや、平さんは知らないだろう……うんすんさ」

「うんすん歌留多《かるた》か！」

「え……知ってるのかい？」

「うんすん歌留多」とは、盃、巴、銭、棒、刀が各十五枚。その中の「うん」と呼ばれる福の神、「すん」と呼ばれる唐人、他に龍を描いた札を駆使する遊びである。

仄《ほの》かに頬を染めた赤也は、顎に手を添えて首を捻った。

「博打好きでもあんまり知らないんだけどなあ……」

「そうなのか？　俺は子どもの頃、大人がやっているのをよく見たがな」

「あっ！　そういうことか」

勝手に合点がいったようで膝を打ち、声を落として続けた。

「うんすん歌留多は、肥後《ひご》人吉《ひとよし》だけで滅法流行《はや》っているらしい。確か備前《びぜん》歌留多とも言うんだろう？」

「ああ、備前藩の姫君が、輿《こし》入れ道具に持って来たのが始まりだとか聞いた」

平九郎は肥後人吉の出である。赤也も博打仲間が人吉の出身らしく、そのことを聞いたので知っていたという訳だ。何故か人吉だけで流行し、江戸では僅かな通の博打打ちだけが知っているという状態だそうだ。

「不思議な話だよな」

「俺はどこの国でもやっているものと、今しがたまで疑っていなかった」

確かに不思議ではある。人吉の人々の気性にあったということだろうが、よく似た地は九州にもありそうなものである。元は位の高い者の遊びだと聞いたこともある。その備前の姫君がよほどお転婆で、腰元などと興じて後に民へと広がったのだろうか。

そんな馬鹿な話を夢想して、自嘲気味に笑った時、丁度七瀬《ななせ》が新たな徳利と肴を運んで来た。

「有り得るかもな」

七瀬の顔を見て、思わず口から零れ出た。

「何が？」

「いやな……こっちの話だ」

七瀬の出自と今の姿を思えば、そんな話も不思議ではない気がする。

「ふうん。はい、お酒」

いつもなら、ちくりと嫌みの一つも言うのに、今日は様子が違う。

「つけは払うもんだな」

赤也は白い歯を覗かせて徳利に手を掛ける。

「当たり前でしょう。今日の分もきちんと払ってよね」

「へいへい」

赤也は手をひらひらと舞わせて適当に相槌を打つ。呆れ顔の七瀬の向こう、板場の茂吉へ声を掛けた。

「茂吉さん、今日も旨そうだ」

「まだ残っていてよかったよ」

「これは平目だね」

「ああ、ちょいと待っておくれよ」

「聞かせてくれるんだな」

平九郎は微笑みながら手酌で盃を満たした。茂吉は手拭いを使いながら、板場から出て来る。こうして料理の蘊蓄《うんちく》を傾けている茂吉は最も幸せそうである。その顔を見るのもまた、ここに来る楽しみになっている。

「平目は冬場が旬でね。所によって様々な名で呼ばれているんだよ」

そもそも鰈《かれい》との区別が素人《しろうと》目には容易でなく、地域の俗称も間違えたようなものが多いらしい。例えば伊勢《いせ》や駿河《するが》の方では蓮《はす》鰈、播磨《はりま》のほうでは灸《やいと》鰈、上方では大口《おおぐち》鰈といったものである。

「他にも越前《えちぜん》ではばんご、土佐《とさ》では親睨《おやにら》み、佐渡《さど》なんかでは逆向《さかむ》かいってな風にね。それぞれに意味があるようだ」

「俺の故郷ではベタと呼んでいたな」

「ああ、そうなるだろうね」

肥前《ひぜん》発祥の呼び方らしく、地理的に近い肥後では同じになるのだろう。

「じゃあ、江戸では何で平目なんだい？」

赤也が酒を啜《すす》るように呑みながら訊いた。

「これは元来、あまりいい呼び名じゃあないのさ」

会津東山《あいづひがしやま》には公に認められた妓楼があるのだが、ここでは片目が不自由な女に限って娼妓になることが許されている。魚にちなんで彼女らを平目と呼んでいるうちに、反対に魚の漢字にまで当てられるようになったらしい。

「そりゃあ……確かによろしくねえな」

赤也は苦々しい表情になった。

「だから河岸《かし》に注文を出す時とか、書く必要に迫られれば、うちでは鮃《ひらめ》と書くようにしているのさ」

茂吉は掌に指で漢字を書き、次に料理を指差した。

「こっちが鮃を昆布締めにしたものだ」

「どれどれ……」

平九郎は一切れ口に入れて咀嚼《そしやく》した。昆布の旨味が移って、元来は些か淡泊なはずの白身の味をぐっと引き立てる。

「旨いし、歯ごたえがいい」

「良かった」

感想を述べると、茂吉は満面の笑みを浮かべた。

「で、こっちのは何だい？」

赤也が少し気味悪そうに小鉢を指し示す。中身は鮮やかな橙《だいだい》色のものが入っており、上から醤油がかけられているらしいことは判る。

「それも鮃。肝だよ」

肝は足が早いので、新鮮なものしか食せない。またとても崩れやすく、慎重に捌《さば》かねばならないという。これを熱湯でさっと湯がいて臭みを飛ばし、醤油を一回しかけたもの。酒には最高に合う肴だと言うが、見たところはあまり旨そうでない。

「まあ、騙されたと思って」

茂吉が勧めるので、二人して同時に箸を伸ばした。赤也は挟んだまま中々口に入れない。こちらが食べるまで様子を窺う腹と見える。

「分かったよ。俺からな」

平九郎は舌の上に乗せると、上顎で擂《す》り潰すようにして口中に広げた。

「お、こりゃあ……」

「だろう？」

茂吉が得意げに口角を上げる。平九郎はすぐに盃を取って一気に干した。

「ああ、何だろう。上手く表せたらいいのだが……濃い味が酒と合うな」

「よし」

「ったく、臆病者」

七瀬がぼそりと呟《つぶや》く。

「うるせえ、臆病は誉め言葉だ」

確かに己たちのような稼業においては、臆病は悪いことではない。赤也もようやく口に入れ、すぐにぱっと眉間を開いた。

「茂吉さん、旨いじゃあないか」

「だから言っているだろう」

茂吉は口辺に深い皺を作って笑った。

その内に、もう一組の客がお春に勘定を済まして店を後にした。

「お春、間違ってねえか？」

赤也が揶揄《からか》うように尋ねる。

「大丈夫。赤也さんのお勘定も覚えているから」

にこりと笑って見せたお春は、菖蒲屋《あやめ》で奉公していたこともあり、そこらの大人に負けぬほど算勘が得意である。

「忘れてくれていいぜ」

「馬鹿」

七瀬は客の酒器を片付けながらまた零した。

「うるせえ。ようやく俺たちだけだな」

平九郎が入った時にすでに暖簾を下げており、もう客が入って来ることもない。気楽にあと四半刻（約三〇分）ほど呑んだら、平九郎も店を出ようと考えた。

その時、入口の戸が開く音がした。先ほどの客が忘れ物でもしたのかと思ったが、お春が、

「お客さん、すみません。今日はもう……」

と、言っているのでどうやら違うらしい。

「堤《つつみ》様に用があってお邪魔しました」

最初の「つ」の発音を聞いた時、平九郎は横に置いた刀を摑《つか》んで身を翻《ひるがえ》している。

「坊次郎《ぼうじろう》……」

「はい。お晩です」

日本橋南《にほんばしみなみ》守山町《もりやまちょう》にある口入れ屋、「四三屋《よみ》」の主人である。表向きには人夫などの日雇いや、女中の斡旋《あっせん》などをしている。しかし一歩裏へと回れば、用心棒、盗賊、人

斬り、火付けなど悪人の見本市のような者たちを取り揃え、暗黒街に絶えず人材を送り込んでいる男でもあった。

これまで仕事の上で何度も四三屋を訪ねていたが、向こうから来たのはこれが初めてのこと。しかも己と波積屋の関係も、一切口にしていないのだ。

「何故ここに」

「私もこんな稼業ですからね。それくらいのことは見当が付きます」

坊次郎が話したことで、もう一つ気付いたことがある。

——こいつはここにいるのが、全員身内だと知ってやがる。

と、いうことである。

赤也もただの酒呑み仲間にも見えるし、茂吉や七瀬は店の者と思う。中でもお春は子どもである。通常ならば、くらまし屋のことを知っている存在だとは思わないはず。こちらの心の動きを鋭敏に察したらしく、坊次郎は店内を見渡しながら話し始めた。

「皆様、初めまして。そちらは変装名人の赤也さんですね」

「どうかね」

興味も無いといった様子で、赤也は徳利を傾ける。

「こちらのお綺麗なお嬢さんは、知恵袋の七瀬さん」

「綺麗だけ正解」

七瀬はつんと顎を突き出して見せる。

「後は波積屋の主人の茂吉さんと、お春さんですね」

こいつはお春が菖蒲屋に奉公していたことも、己の元依頼人であることも調べ上げていると確信した。坊次郎の企み次第では、

——消さねばなるまい。

平九郎はその覚悟も決めた。お春もいるこの場でやるのは避けたいところだが、すでに四の五の言っていられない状況かもしれぬ。波積屋の周囲に人の気配が無いか探る。

以前、坊次郎が今抱えている人材の帳面も見た。ここで襲って来るならば「振《ふるい》」と呼ばれる、腕に覚えがある者を投入するだろう。だが、店の外からは殺気を孕《はら》んだ息遣いは感じられない。

「堤様、気を落ち着けて下さい。害を為そうとするならば、私がのこのこと店に踏み込むはずがない」

坊次郎は宥《なだ》めるように諸手を挙げて続ける。

「私は以前からここのことも、皆様のことも知っていました。それを隠してお付き合

いするのは、信用に欠ける。故にこうして足を運んだのです」

「そのような話もあったな」

二月前、平九郎は鰔《かいらぎ》党と尾張《おわり》屋を巡る因縁に巻き込まれた。その時に坊次郎の協力を仰ぎ、力を貸す代わりに、四三屋もくらまし屋の取次の一つにして欲しいと頼まれた。それに対し、分かったと答えていたのだ。

「お忘れとは言わせませんよ。私は堤様の要請を受け、十分に仕事をこなしたはず」

「つまり依頼ということか」

坊次郎は、少なくとも波積屋が開く前から、近くで監視していたのに違いない。まず己が今日来るかどうかも判らない。さらに店の中にいる客が全て出た機を見計らって、足を踏み入れたと見てよいだろう。つまり入った客の数を把握していなければならないのだ。そこまでするとは、余程急ぎの用があるというのか。

「はい。仰る通り」

さてどうするか。依頼の相談は波積屋の隠し二階でするのが常。しかしその場所を坊次郎に知られたくはない。他の客もいないため、ここで話だけでも聞くとするか。重苦しい気が場に流れる中、平九郎が思案していると、お春が盆に湯飲みを載せて現れた。先ほどからやり取りをして皆が動かない中、お春だけが何やらちょこまかとしていたのだ。まさか坊次郎に茶の用意をしていると思わなかったので、平九郎は苦笑してしまった。くらまし屋への繋ぎ方も知らないお春から見れば、知人が依頼をしに訪ねて来たと思ったのだろう。

「どうぞ」

「お春ちゃん、ありがとう」

坊次郎も少し驚いたような顔を見せたが、その後に頰を緩める。

「茂吉さん」

平九郎が板場に呼びかけると、茂吉は頷いた。

「お春、今日はもう奥で休んでいいよ」

「でも片づけが……」

「よく頑張ってくれているからね。気にするな」

お春はこちらを見た後、次に坊次郎に視線を移し、ぺこりと一礼して奥へと下がっていった。波積屋の奥には茂吉、七瀬、お春が暮らす部屋があるのだ。

「よく出来た子ですね」

坊次郎はお春の背を見送りつつ呟いた。

「ああ、助かっていますよ」

茂吉の声がいつもより一段低い。万が一、お春に害を為すようなことをすれば、裏の道に引き込むようなことがあれば、ただでは済ませぬ。その覚悟が滲み出ている。

「血生臭い話は聞かせたくないものですからね」

坊次郎は己に言い聞かせるように小さく頷く。坊次郎の息子利一《りいち》も、後を継いで闇の口入れ屋になっている。いや店こそ同じだが、客を別に取っているので、暖簾分けのようなものか。この稼業に何か思うところもあるのかもしれない。

「茂吉さん、ここでも構わないかい？」

「ああ、戸締りをするよ」

茂吉は戸の金輪に鉤《かぎ》を引っかけると、念入りに心張棒も支《か》った。

## 四

お春が置いた湯飲みから、ゆらゆらと湯気が立ちのぼっている。その前に坊次郎は腰を掛け、平九郎も向き合うように座った。

「依頼を受けて下さいますかね？」

「話を聞いてからだ」

坊次郎に持ち込まれた依頼の下請けになる。このような形で勤めをしたことがないため、細心の注意を払わねばならない。

「私への依頼を、堤様に頼む訳ではないのです」

「どういうことだ？」

「先方は初めから堤様を……つまりくらまし屋を探しておられました」

「それなら直に繋げばよいだろう」

　くらまし屋への依頼方法は、意図的に世間に流している。

　日本橋柳町《やなぎちょう》近く弾正橋《だんじょう》の欄干《らんかん》の裏に文《ふみ》を貼り付ける、吉原《よしわら》の廓《くるわ》の中にある九郎助《くろすけ》稲荷の祠の中、不忍池《しのばずのいけ》の畔の地蔵の裏に置くというもの。飯田町田安《いいだまちたやす》稲荷の玉狐の裏に埋める。目黒《めぐろ》不動さざゐ堂の露台の床裏に挟むというものもあった。どれか一つくらい耳にしていてもおかしくないのだ。

「難点がありましてね。なかなか掟を守れそうにないのです」

　猫舌なのか、坊次郎は茶を少し啜ったが、すぐに話して舌をちろりと出した。

「掟を守れないならば、依頼を受けることは出来ねえ」

「いえ……掟を守れぬのは先方というより、堤様のほうになるかと」

「何だと」

　平九郎は目を細めた。背後から物音がして振り返れば、赤也がとんと勢いよく卓に盃を置いたようで、酒が周りに飛び散っている。

「坊次郎さんよ。俺たちが掟を守れねえとは、どういう了見だ」

「赤也」

最後まで話を聞けと言いたいのだろう。七瀬が割って入ろうとするが、赤也は音高く舌打ちを見舞って続ける。

「俺たちがどの掟を守れねえって？」

依頼主には必ず七つの掟を課しており、破った時には命は無いと事前に告げる。それをこちらが守れないだろうと言われれば、赤也が腹を立てるのも無理はなかった。

「面通しです」

坊次郎は短く言って、茶を冷ますように息を吹きかけた。


——一、依頼は必ず面通しの上、嘘は一切申さぬこと。


全ての起こりともいえる掟が守られぬという。しかもこちらが、と坊次郎は言うのだ。

「意味が解らねえ。仮に誰であろうとも、俺なら会いにいけるさ」

「またまた」

「試してみるかい？」

赤也は胡坐《あぐら》に肘《ひじ》を突いて身を乗り出した。その顔は真面目そのもので、盃を傾ける。

「頼もしい。では……」

坊次郎は目尻に皺を寄せ、咳払いを一つして続けた。

「依頼主は老中松平武元様です」

赤也は思い切り噴き出し、酒が霧となって宙を舞う。

「おいおい」

平九郎も流石に驚いて血の気が引くのを覚えた。

「馬鹿……」

七瀬は額に手を添えて溜息を零す。断れないよう、赤也は坊次郎に乗せられた格好である。

「ことは皐月《さつき》の頃に遡《さかのぼ》ります」

坊次郎はこの依頼が来た流れを話し始めた。

この件は半年も前に始まったという。丁度、高尾山から阿部将翁を晦まし、平九郎が陸奥へと送り届けていた頃の話である。

「持ち込んだのは、幕府御庭番の頭《かしら》を務める曽和《そわ》一鉄《いってつ》と謂う男です」

坊次郎はこちらに視線を戻した。

「御庭番……」

これまで二度ほど依頼でぶつかったことがある。

一度目は賄賂を受け取ったことが露見し、切腹を恐れた旗本から晦ませて欲しいとの依頼を受けた時。その旗本の周囲を監視していたのが御庭番の連中で、その目に触れぬように屋敷から晦ませた。

二度目は偽銭を作る悪党。逃がすための下準備をしていた時、塒《ねぐら》に踏み込んできて戦うはめになった。相手は五人。いずれもなかなか手強かったが、三人斬ったところで残りの二人は遁走《とんそう》した。公儀隠密という性質上、必ず報告に戻らねばならないのだろう。勝てぬとみるや二人を逃がすため、残った者は瀕死になっても刃を振るってきた。

かなり厄介な者たちであるのは間違いないし、此度の話も復讐のための罠ではないかと勘繰ってしまう。

「堤様はご存じのはず。曽和様は過去に手酷くやられたと仰っていました」

御庭番は過去のことも隠すつもりはないらしい。平九郎は努めて顔色を変えずに応じた。

「二度ほどな。だが、その曽和という男は知らぬな」

「一度会ったと」

——逃げた二人の内の一人か。

偽銭の件だと思ったが、続きを聞いて、思わず盃を持つ手を止めた。

「高尾山にて」

「あいつか」

思い当たる節はあった。

平九郎が将翁の囚《とら》われていた小屋に戻った時、幕府の者たちは虚の漣月と謂う男に襲撃を受けていた。辺りには累々と死屍が転がっており、生き残った者が四人。その内の一人が道中同心の篠崎瀬兵衛だった。

残る三人の内、一人は漣月の鎖分銅を受けて昏倒、もう一人は腰を抜かして茫然としていた。そして残る一人、地に膝を突いて微動だにしない男がいたのだ。その落ち着き払った様子を訝しみつつも、すぐに漣月と刃を交えねばならなかった。やがて漣月を打ち倒した時、その男の姿が消えていたのを確かめている。

「話を戻しましょう」

坊次郎はようやく冷めた茶で喉を潤しつつ、話を続ける。

曽和一鉄は高尾山の一件を幕府に報じた。それを耳にした松平武元が、くらまし屋に酷く興味を示し、依頼したいと一鉄に繋ぐように頼んだのだという。

一鉄は思案した。くらまし屋への繋ぎ方は世間で噂になっており、一つや二つ知っている。だがそれを実行し、くらまし屋のほうから、どこどこに何時《いつ》来いと言われたところで、武元はそう簡単に動けない。確実に繋ぐ方法は他にないのかと考え、三月ほど前に四三屋に訪ねて来たらしいのだ。

「随分と顔が広いようだ」

平九郎は小さく鼻を鳴らした。坊次郎が、御庭番の頭と面識があるということを言ったのだ。

「まあ、そうですな」

――おや？

少し奇異に感じた。普段の坊次郎ならば、得意げに笑うところであろう。だが一瞬、遠い目をしたような気がしたのだ。坊次郎は赤也、七瀬、そして己へと視線を戻して言葉を継ぐ。

「曽和様は初めから掟を破ることになるのを危惧《きぐ》し、私にご依頼下さったのです。此度は百両頂いております」

「で、その内、お前は幾ら取る」

「百両そのまま皆様に」

「老中に恩を売ろうという訳か」

此度の依頼を成功させれば、坊次郎としても得るものは大きい。明日をも知れぬ裏の口入れ屋、幕府の手入れに遭うとも限らない。ここで老中に便宜を図れば、いざという時の御守りになるという腹だろう。だがそのためには何としても、己たちの諾を得ねばならない。小銭を稼ぐことは考えていないらしい。

「いかがでしょう？」

「そうだな……」

いつもとは違う方法で依頼を受けるとなれば、慎重にならざるを得ない。赤也と七瀬、二人に意見を求めるように平九郎は顔を窺った。先に口を開いたのは赤也である。

「平さん、やろう」

「確かに金はいいが……」

「いや、平さんはやるべきだ」

赤也がいつになく真剣な口調で言ったので、何を考えているのか察しがついた。

己には行方の分からない妻子を捜すという大きな目的がある。姿を消した時の状況から、裏の道に通じた何者かの仕業と見てよい。蛇の道は蛇と、自身も裏街道に足を踏み入れたのだが、今のところ何の手掛かりも得られていない。

老中のような大物に恩を売れれば、今後手掛かりを探すにあたって大きな助けになるかもしれない。赤也はそのことを言いたいのである。

「七瀬は？」

「私は……表に出ないのなら構わない」

「もしかして……」

「うん。平さんが考えている通り」

こちらの事情も何となく分かる気がした。本当のところ、出来る限り受けたくはない案件なのだ。しかし己の今後のことを思い、受けたほうがよいと考えてくれているらしい。

「分かった。ただ受けるかどうかは、当人に会ってからだ。松平家の屋敷に出向けばよいのか」

「それがちと厄介なことに」

坊次郎は、今の武元を取り巻く状況を語り始めた。

「道中奉行の配下が？」

「ええ。四六時中、松平屋敷を監視しています」

「政敵の差し金か」

幕閣は松平派と、酒井派に分かれて激しい政争を繰り広げていると、市井《しせい》にも漏れ聞こえている。敵が弱みを握ろうとしていると考えたのだ。

「違います。むしろ守ろうとしていると言ったほうが相応《ふさわ》しいかと」

松平派の中で日の出の勢いで出世している、田沼意次と謂う男がいる。田沼は武元が姿を晦まそうとしていることをいち早く察知したらしい。武元が姿を消すとなれば松平派は瓦解してしまう。これを防がんと、己の息の掛かった道中奉行に働きかけているというのだ。

このことは武元も承知の上だという。御老中を狙う者がいるという報があるので、念には念を入れて護衛に道中奉行配下を付けると田沼は押し切った。身の安全のためという名目であれば、流石に武元も苦笑して受け入れざるを得なかった。屋敷の周辺の見張り、そして登城の際にも二十余名の道中奉行配下が周囲を固めているらしい。

「道中同心の篠崎瀬兵衛という者が、田沼屋敷に出入りしています」

「よりによってあの男か」

赤也は露骨に嫌な顔になり、七瀬も苦く首を捻った。あの男はかなりの切れ者。しかも己たちの顔が割れているのだ。偶然かとも思ったが、田沼は直々に瀬兵衛を指名したそうで、その有能さを見抜いて期待を寄せているのだろう。

「危ない橋を渡ることになるわね」

七瀬は顎に手を添えて零した。

「ああ、出来ればあいつは避けたいな」

「掟を守れそうにないと言ったのも、そのことが原因でして……故に会わずして受けて頂けませんか？」

「それは出来ない」

坊次郎は目を細めて、じっとこちらを見つめた。

「しかし……」

「道中奉行配下の目の届かないところで会う」

「屋敷の周りを張っており、登城の最中も……まさか」

坊次郎は言っている途中で、はっと息を呑んだ。

「ああ……城に入る」

道中奉行配下の身分では城の中にまで入ることは許されない。政務の途中、城内の武元に接触を試みる。

「そんなことが出来ますか」

坊次郎は不安そうである。今の己は裏での肩書を除けば、一介の浪人に過ぎない。素浪人が御城の中に入るなど至難の業である。しかし平九郎は、

――あの男の前を通るほうが難しい。

と、考えている。それは七瀬や赤也も同じようで、同時に力強く頷いて見せた。

「考えた末のことだ。登城の日を教えてくれ」

「そこまで仰るならば。信じております」

「依頼主に会えたら、四三屋に行く。それまでは……」

「分かりました。ここには来ません。ではまた」

坊次郎はすっかり冷えたであろう茶の残りを、一気に飲み干して立ち上がった。

「お春さんに、美味しかったとお伝え下さい」

心張棒を外す茂吉に会釈を残し、坊次郎は波積屋を後にした。その顔はどこか穏やかで、常の坊次郎と異なって見えた。

騙し騙されの裏稼業。

無垢な優しさに触れた時、ふっと生まれたままの己を取り戻す。それが時に弱さに

なると解っていながら、なかなか消し去ることは出来ない。それは坊次郎ですら同じらしい。

闇に溶け込んでいく坊次郎の背は、すうと閉じる戸によって見えなくなっていった。

# 第三章　もう一つの人生

## 一

深川南六間堀町《ふかがわみなみろつけんぼりまち》の長屋で、初谷男吏《はつがやだんり》は肘枕《ひじまくら》で寝そべりながら、大きな欠伸《あくび》をした。阿久多《あくた》と共に伝馬町《てんまちょう》牢屋敷に赴いた後、ここに潜伏するように命じられたのだ。

神田橋《かんだばし》御門外、四軒町《しけんちょう》にある「灰谷屋《はいたにや》」は羽振りのよい木綿問屋。主人の清吾郎《せいごろう》は仏のような人格者として通っている。しかしその実は金五郎《きんごろう》と謂い、虚《うつろ》の首魁から意を受け、己たちに指示を飛ばす取次役を担っている。

この長屋も灰谷屋の持ち物で、隣に入っているのも虚が囲っている悪人たち。万が一、公儀に踏み込まれた時は身を挺して己を逃がしてくれる段取りになっていた。

牢屋敷襲撃から一歩も外に出ておらず、躰《からだ》はすっかり鈍っている。しかし今は、天下のお尋ね者であるため仕方がない。ほとぼりが冷めれば、より安全な所に移すと言われている。

「初谷さん」

「む……」

外から聞こえたのは金五郎の声。男吏は慌てて身を起こした。

「少し待て」

土間に降りて戸にかかっていた棒を外した。ようやくこの鬱々《うつうつ》した暮らしが終わるのかと、期待に胸を膨らましつつ戸を開けた。

「お久しぶりです」

「ああ……お前もか」

金五郎の横に、阿久多が寄り添うように立っている。男吏は舌打ちして身を翻《ひるがえ》した。

「つれないこと」

金五郎に続き、阿久多は喉を鳴らすように笑いつつ中に足を踏み入れる。土間や奥の流しも含めて十畳ほどの狭い長屋に三人。板間で鼎座《ていざ》になった。

「ようやく動くことに」

金五郎は地蔵のように穏やかな顔で言った。

「退屈で死にそうだった。どこに行く」

ここを出て新たな潜伏先に移るのだと思ったが、金五郎は小さく首を横に振る。

「その前に一つ仕事が」

「ほう。暫《しばら》くは動かぬのではなかったか？」

高尾山の一件の後、牢屋敷も襲撃した。暫くは虚もなりを潜めるつもりだと聞いていたのだ。

「火急の命《めい》が来ましてね」

虚が行っている主なことは、

一、抜け荷の差配
二、人の勾引《かどわ》かし
三、虚の面子の勧誘

この三つ。しかしこれは常に行っていることであり、火急の命というからにはそれ以外のことと考えられた。

「御館《おやかた》様か」

虚に指示を出す謎の人物から金五郎に繋《つな》ぎが来て、そこからさらに己や惣一郎《そういちろう》、阿久多などに仕事が振り分けられるのだ。その正体は己だけでなく金五郎さえも知らない。

「はい。そうです」

――金五郎は御館様の正体を知ったな。

男吏はそう直感した。訳を訊《き》かれても困る。敢えていうならば金五郎の顔である。御館様からの指令を伝えている時、金五郎の頰は普段よりほんの僅かだが強張る。感情を表に出さぬ男でも、失敗を恐れもするし、御館様の存在に一抹の不安を感じていたのだろう。

だが、今日の金五郎にはそれがない。命というのが容易なものなのだろうかとも考えたが、あまり目立ったことをしたくない今、敢えて己たちを動かすほどなのだからそれも考えにくい。

であれば、金五郎が御館様の正体を知り、しかもそれがかなりの大物で安堵《あんど》したというところではないか。

「御館様が何者か知ったか」

頭の中だけで考えるのも面倒になり、男吏は口に出した。

「はて、そのようなことはございませんが」

「俺に嘘は通用せんぞ。言い張るなら手を貸せ」

「構いませんが」

　抵抗すれば余計に怪しまれると思ったようで、金五郎は素直に右手を差し出した。男吏は手首を握る。

「まあ、羨ましい」

　阿久多が手を口に当て、艶《なま》めかしい声を出す。男吏はそれを無視して、金五郎の手首に視線を落としつつ問うた。

「改めて訊く。御館様が何者か知ったな」

「いえ」

「嘘だ」

　即答すると、金五郎はさっと手を引いて苦笑した。

「触れれば分かると？　まるで、呪《まじな》い師ですな」

「察しはついているだろう」

「脈で読もうとされたのですな」

　金五郎は口角をさらに持ち上げた。

「いいや」

「え？」

「目……後は左手だな」

金五郎は賢《さか》しい男。現に脈を取ろうとしていたことに気付いていた。だがそれは囮《おとり》で、男吏は目と、自由になっている左手を目の端で追っていた。黒目が一瞬揺らぎ、左の人差し指を芋虫《いもむし》の如く動かしていた。

「躰は正直よ。幾ら平静を装ってもな」

金五郎の顔から笑みが消える。次の言葉を探しているらしいが、その前に男吏は口を開いた。

「金五郎、俺は御館様が何者だろうが興味は無い。ただ一つだけ訊きたいことがある」

「それは？」

「まことに俺の望みを叶えられるほどの男なのだな」

金五郎は針のように目を細めつつ頷いた。知ったことは認めたものの、これ以上踏み込ませたくはないのだろう。

「仕事は？」

それだけ確かめられればもうよい。男吏は興味を失って話を戻した。金五郎も安堵の色を浮かべ、咳払いを一つして口を開いた。

「ある男を襲って欲しいのです」

「誰だ」

「老中、松平武元《まつだいらたけちか》」

金五郎は小声で囁《ささや》いた。

「無茶言うな」

天下の老中を襲うなど、そう容易いことではない。江戸城内では当然、屋敷にいる時も相当な数の家臣が身辺を固めている。移動の時もしっかりと行列が組まれる。襲うとなると、戦《いくさ》を仕掛けるほどの手勢が必要だろう。

「一人になると思われる日があるらしいのです」

「老中だぞ」

「ええ」

金五郎も訳は知らないらしい。だが御館様は確かに情報を得ているという。それが真に実現するか否《いな》かは今のところ五分。だが、もしその通りになれば、武元を狙う千載一遇の好機になる。

「話は分かった。だが何故、俺に？」

自慢ではないが己は剣術が得意とは言えない。惣一郎などには、

――男吏さんは弱いからなあ。

などと、揶揄《からか》われているのだ。そんな己を襲撃に加えるには、他に訳があると見える。

「老中が一人になったところを攫《さら》い、拷問に掛けて欲しいのです。その後に息の根を止める」

「そういうことか」

確かに老中ともなれば有益な情報を沢山持っている。殺す前にそれを聞き出したいということらしい。だが老中が消えたとなれば、幕府も全力で捜すだろう。手早く終わらせてさっさと逃げるため、己も同行してすぐに尋問を行えということだ。

「また阿久多と共にお願いします」

金五郎が言うと、阿久多はにんまりと笑って視線を送って来た。

「こいつとは組みたくない」

「意地悪ばかり言うんだから」

阿久多は薄化粧を施した頰を膨らませた。

「九鬼《くき》のほうがましだ」

現在の虚には三人の手練れがいる。その内の一人、惣一郎は江戸にいないのだから仕方がない。二人目がこの阿久多。そして三人目が九鬼段蔵《だんぞう》である。

「残念ながら、九鬼は別の仕事です」

「別の？」

「ともかく……九鬼は不在ですので、阿久多と共にお願いします」

「仕方ない」

男吏は小さく舌打ちをした。

嫌ってはいるが、阿久多の実力は認めている。牢屋敷の襲撃においても、剣の修行を積んできたであろう目付の者どもを全く寄せ付けなかった。

「恥ずかしがって、可愛らしいこと」

阿久多が蛇のように舌なめずりをし、男吏は顔を顰《しか》めた。これに一々嚙《か》みついたところで、こちらの反応を愉しんでいるらしい阿久多はさらに増長する。適当に流すのが最も良いと学んだ。

「で、その老中が一人になる日というのは？」

金五郎は首だけで顔を近づけると、すうと指を一本立てた。

「今より一月後……師走《しわす》（十二月）二十日です」

# 二

上屋敷の寝所、松平武元は布団の中で、鶏の鳴き声を聞きながら天井を凝視していた。今は寅《とら》の下刻（午前五時）ほどであろうか。半刻（約一時間）前にすでに目が覚めているが、あと半刻は布団から動くことが出来ない。大名というものは決まった時に起き、決まった時に飯を食い、決まった時に寝ることを求められる。目を覚ましたと言おうものならば、躰に異常を来《きた》したのではないかと、すぐに宿直《とのい》の者が抱えの医者の元に走ることになってしまう。そのような大袈裟《げさ》なことはしたくはない。

——窮屈なものだ。

武元は大きな溜息を吐きそうになったが、それさえも宿直に気付かれるかもしれぬと思い、布団に顔を埋めた。

今でこそ己は上野《こうずけ》国館林《たてばやし》藩五万四千石の主にして、老中という要職に就いている。だが元は水戸《みと》藩から分家された常陸府中《ひたちふちゅう》藩二万石の出身である。常陸府中藩は幕府の要職などとは縁遠い、数ある松平家の中の一つにしか過ぎない。しかも次男。ただの部屋住みの身分であった。そこから先代である松平武雅《たけまさ》に請われて十六歳の頃に養子に入ることとなったのである。

養父は己が養子に入った二月《ふたつき》後に病で死んだ。厳密に言えば病が重く本復の見込みが無いのに、継嗣がいないことで慌てて養子をとったのである。こうして武元は一介の部屋住みからたった数カ月で、藩主になったのである。

同じような部屋住みの境遇の者からすれば、羨むような出世である。しかし武元はこれに激しく抵抗した。実は武元、ある娘に恋心を抱いていたのである。

何も大名家に限ったことではないが、長男と次男では扱いが大きく異なる。小大名の次男だった武元は、供の者もつけずにふらりと町に出ることすら出来た。

出逢いはひょんなきっかけからだった。ある日、武元が日本橋を歩いていると、質屋の前に佇《たたず》む一人の娘が目に飛び込んできた。足を踏み入れようとするが、一歩進んだ所で止まる。暫くすると頭を小さく横に振り、また足を踏み出そうとするものの、やはり素振りだけで戸に手を掛けようとしない。諸手に抱えた風呂敷包みをじっと見つめるのだ。

「どうかしたのか？」

その顔があまりにも深刻そうで、武元は思わず声を掛けてしまった。娘ははっとしてこちらを見つめる。

丸顔に半月形の目、やや厚い唇。年の頃は己とそう変わらないのに、大人の女を思わせる蠱惑《こわく》的な艶やかさがあり、武元は一目見て息を呑んでしまった。

「いえ……」

目を伏せる娘の長い睫毛《まつげ》が小刻みに震えた。

「あまりにも浮かない顔をしているのでな。何を？」

「これを質草に入れようと思ったのですが……」

「なるほど。この質屋でよいかと迷っているのだな」

質屋の中には相手が小娘だと思って、相場よりもうんと安い値を弾き出す者もいる。それを懸念しているのだと思った。しかし娘は答えず、ずっと風呂敷包みを見つめている。

「違うのか……？」

「質に入れてよいものかと」

「どういうことだ」

道浄《どうじょう》橋の程近く、伊勢町《いせちよう》に白隈《しろくま》屋というちょっと変わった名の紙問屋がある。その娘で名をお雪《ゆき》と謂い、歳は己より一つ下の十五らしい。

母はお雪が四つの頃に亡くなり、父と一つ上の兄と共に商いをして暮らしている。

父は一生懸命に働き、兄もそれを支え、これまでは豊かではないが、人並みにやってこられた。しかし昨年、近くに富商白木《しらき》屋の傘下の立派な紙問屋が出来、売り上げが目に見えて下がった。遂には家財を質に入れて工面せねば、仕入れさえも出来ない有様にまで追い込まれているというのだ。

「これは母の唯一の形見で……」

「いいかい」

武元はお雪が大事そうに抱える風呂敷包みを解いた。中から出て来たのは嫁入り装束。何でも母が嫁ぐ時に着ていたものらしく、お雪がいつの日か着るのを楽しみにしていたものらしい。

「もうこれしか売るものがなく、父が……」

父は唇を裂けんばかりに嚙みしめ、これを売ってこいとお雪に言ったという。

己は小大名の部屋住みとはいえ、暮らしに困ったことなどは一度も無い。世には困窮する者がいると頭では理解していたが、初めてそのような者と出逢って実感を覚えた。

そもそも紙は高価な品でもあり、扱う店も限られていた。しかし今の将軍吉宗《よしむね》が、紙の原料になる楮《こうぞ》や、三椏《みつまた》の栽培を奨励したことで、紙の生産量も飛躍的に伸び、価格もかなりこなれたものになった。一気に庶民に馴染むようになったのである。そうした流れを受け、白木屋のような大店《おおだな》も参入したことになる。吉宗はよかれと思って始めた施策であろうが、実際の市井にはこのような小さな歪《ゆが》みも出ている。己も武士の端くれとして、申し訳ない気持ちが沸々と湧いて来た。

「はい。明日、取り立てがあるので……」

「借金があるのか？」

「幾らだ」

「それは……」

お雪は言うのを躊躇《ためら》った。今しがた逢ったばかりなのだから無理もない。

「いいから。教えてくれ」

「一両二分です」

お雪は消え入るような声を漏らした。

白無垢を質草にしても一両二分にもならないだろう。物が悪いと言う訳ではなく、普通の質屋でも安い値で預かるのが常である。そこまで考えた時、武元は自らの懐《ふところ》に手を突っ込んでいた。

「これは……？」

白無垢の上にそっと財布を置いたのだ。お雪は絶句して顔を見上げる。

「二両近く入っている。使ってくれ」

「見ず知らずの方に――」

「源之進《げんのしん》と謂う」

己の通称を名乗ったが、お雪は首を激しく横に振る。

「そうではなく、頂く訳がありません」

「いいさ。私が持っているより、お雪さんの方が役立ててくれる」

「駄目です！」

「とはいえ、店を立て直さぬことには解決はならんな」

お雪が財布を返そうとするのを無視し、武元は顎に手を添えて勝手に話を進めた。

「その白木屋の紙問屋、何で流行《はや》っているのだ」

「それは……美濃《みの》紙や越前《えちぜん》紙など、品揃えが滅法よく……」

「ふむ。確かに品揃えで大店に対抗しても難しいだろう」

「そうなんです」

道端で若い男女がうんうんと唸って何か思案している。行き交う人たちの中にはそれを見て、くすりと笑う者もいた。

「品を絞ってはどうだ？　例えば大福帳とか」

商家が掛け売りを記録する帳面のことである。江戸に住む人の数は増加の一途を辿り、今後も様々な商いをする者が出て来るだろう。これまで以上に需要が伸びると見た。

「しかし大福帳は白木屋の店でも……」

「蒟蒻《こんにゃく》の大福帳を知っているか？」

常陸では多く蒟蒻が栽培される。そこから蒟蒻を練り込んだ紙というものが出来た。蒟蒻は非常に強い繊維を持っているので、たとえ水に沈めたとしても乾かせば元通り使えるほど強い紙が出来るのだ。

商家は火事で大福帳を失えば、売掛金を取ることが出来ない。故に蒟蒻紙の大福帳を特に好んで使い、火事の折などには井戸に投げ入れて炎から守るのである。

常陸府中藩でもこれを当然のように使っていたが、他家の者に話すと聞いたこともないと言っていたのを思い出したのだ。

「そんな凄《すご》い紙があるのですね」

紙問屋の娘のお雪でも知らぬのならば、江戸にはまだそこまで流通していないらしい。常陸の者にとっては、当たり前すぎて、存外商いにしようと考えつく者がいなかったのかもしれない。

「よし、それでいこう」

「しかし、それを仕入れることも……」

「常陸に知り合いがいる。何とかしてもらえるように頼んでみる」

武元が力強く言い切ると、お雪は目に涙を湛《たた》えて頷いた。その姿が何とも可憐で、武元はすっかり心を奪われてしまっていた。

武元は父に蒟蒻紙を江戸で売ってみては如何かと進言した。やはり父もそれが特産になるなどとは思ってもみなかったようで、初めは首を捻った。しかし武元があまりにも熱心に説くので、物は試しと承諾してくれた。

武元の手引きで蒟蒻紙を「白隈屋」に卸すことになった。初商いはその場での支払いが慣例であるが、売掛けにしてもらうように懇願した。武元は生まれてこのかた、ここまで真剣になったことはなかった。ただお雪を救いたい。その一心だったのである。

「源之進様！」

二月後、武元が白隈屋を訪ねると、お雪は満面の笑みで迎え入れてくれた。江戸は日ノ本一火事の多い町ということもあって、炎に強い大福帳があると聞いた商家に、飛ぶように売れていると耳にしていた。白隈屋はあっと言う間に借金を返し終えたとも聞いていた。

「繁盛したようでよかった」

「源之進様が取り持って下さったお蔭でございます」

お雪の父、兄も慌てて店先に出てきて、土下座せんばかりに礼を述べる。此度の仕入れには常陸府中藩が一枚嚙んでいることは知れている。若い己がそこまでの口利きが出来るのも訝しい。だが大名の子であるということは告げず、勘定方の見習いだということにし、上役が乗り気だったから上手くことが運んだのだと付け加えた。お雪やその家族には、無用な気遣いをされたくなかったというのもある。

こうして武元と、白隈屋の交流が始まった。若い二人のこと。お雪も己のことを快く思ってくれており、互いにさらに深く惹かれ合うようになった。お雪の父や兄も口には出さぬがそれを望んでくれているようであった。

武元はいずれお雪を娶《めと》りたいと告げた。恐らくあと二、三年もすれば知行を得ることになる。お雪が町人であることはさして障壁にならない。一度しかるべき家の養女にして妻に迎えるなど、多くの家がやっていることである。お雪は頬を薄紅色に染め、武元の申し出を受け入れてくれた。

だが武元はその数カ月後、養子に出されることが決まった。まさしく青天の霹靂《へきれき》である。だが、経緯を知れば白隈屋を救った一件と無関係ではなかった。常陸の蒟蒻紙を売り込んだことは、結果的に常陸府中藩の苦しかった財政を潤すことにもなった。それを主導したのが藩主の次男だと聞きつけた館林藩主が、己を養子に迎えたいと申し出たのだ。しかも藩主は病床にあり、余命僅かであるという。あと数カ月もしない内に、己は館林藩を継ぐことになるのだ。

同じ松平家とはいえ、館林藩のほうが格上。一介の部屋住みである息子が藩主になるとあって、父は歓喜して一も二も無く快諾した。

武元は喜ばなかった。弟を養子に出してはどうかとも提案したが、先方はあくまで己を望んでいる。それ以外ならば話も流れるとあって、受け入れられることはなかった。

――逃げるか。

武元の脳裏にそれが過《よぎ》った。松平の家も武家の身分も、全て捨ててお雪と共に逃げる。勿論《もちろん》、お雪が受け入れてくれればという話だが、応じてくれるという確信はあった。手許にある幾ばくかの金を持ち、どこかで商いをするか、小さな田畑を買って百姓になる。お雪が共にいるだけで幸せだと本気で思えた。

甘美な暮らしを夢想すると、同時に恐怖も湧いて来た。己が知っているのは、武家として生きるための礼儀作法や、剣や弓などの最低限の武術。たったそれだけなのだ。蒟蒻紙のことも、己が藩主の子であったために上手くいっただけ。何も持たぬ裸の己に商いが本当に出来るのか。百姓もそうである。何時作付けし、どれほどの水が必要で、いかに刈り取るか。何一つ知らない。そのような暮らしが出来るはずがない。なまじ人よりも頭の回転が速いだけに、それが無謀であることにもすぐに気付いてしまった。

——時を待とう。

時期がくれば状況が好転するかもしれないと、己に言い聞かせた。何のことはない。武元は全てを捨てる勇気を持てなかったのである。

こうして望まぬものの、武元は館林藩に養子に出され、その二月後に養父が他界したことで藩主の座についた。

藩主になれば、これまでのように軽々しく外に出ることなど出来ない。だが武元にとって幸運だったのは、この時期の館林藩が参勤交代を免じられていたことだ。

武元の義祖父に当たる松平清武《きよたけ》が、一時期吉宗と将軍の座を争っていた。そのことで吉宗は館林藩を警戒し続けた。参勤交代を免じるといえば体裁がよいが、常に江戸に置き監視していたのである。

国元に帰らなくてよいことを幸いに、武元は月に一度は屋敷を抜け出して、白隈屋に足を運んだ。

館林藩の家臣たちは当然止めようとする。しかし武元は聞かずに度々姿を晦《くら》ませる。己のことを英邁《えいまい》だと思っていただけに、家臣たちの落胆は大きく、

――とんだ馬鹿殿を引いてしまった。

と、陰口を叩《たた》かれていたことも知っている。

武元が二十一歳になった頃。白隈屋のほうでも、武元がなかなか煮え切らぬのでやきもきするようになっていた。すでに己が養子になった時から、許嫁《いいなずけ》が決められていた。そうでなくとも藩主となった今は、町人を正妻に迎えることは出来ない。側室として迎えるべきかとも考えたが、母の形見である白無垢を着る日を心待ちにしているお雪を想えば、なかなか切り出すことも出来ない。そもそもお雪は、己が館林藩の藩主などとは夢にも思っていないのだ。

同じ年、突如、将軍徳川吉宗から登城の命が下った。謁見の予定はなかったため、異例のことである。家臣たちは、吉宗が館林藩を警戒していることを重々承知している。殿の度重なる微行が露見し、それを名目に改易の処分が下されるのではないかと

兢々《きょうきょう》とした。

流石に武元も身を強張らせた。家臣たちが思う通りならば、改易で済まず切腹を命じられることも有り得るのだ。

謁見の間で武元が名乗って頭《こうべ》を垂れていると、頭上に錆《さ》びた声が降り注いだ。

「人払いをせよ。小姓も下がれ」

二人きりになるなどまず有り得ない。只事ではないと、畳に突いた武元の手が震えた。

「顔を上げよ」

「は……」

作法に則り、一度は躊躇《ためら》い、二度目にようやく顔を上げる。吉宗は歳の割に皺の多い相貌をしている。目尻の皺を深くし、じっとこちらを見つめていた。

「外に出ているようだな」

心の臓が口から飛び出そうになった。

「それは……」

しどろもどろになる武元に対し、吉宗は眉間《みけん》に皺を浮き上がらせる。

「御庭番を知っているな。彼の者どもから、お主が白隈屋なる紙問屋の娘と懇《ねんご》ろであると聞いておる」

　――もう言い逃れ出来ない。

　口内が激しく乾き、速まる動悸を必死で抑え込むので必死である。

「右近衛将監《うこんえのしょうげん》」

　吉宗は己を官位で呼ぶ。大名としての自覚があるのか。そう言っているように聞こえた。武元が黙していると、吉宗は重ねて問うた。

「悪うするつもりはない。仔細を話せ」

　全てを知られている。覚悟を決めてというより、もう真実を話すほかなかった。吉宗は一々頷いて耳を傾け、全てを聞き終えると、絞るように言った。

「辛かったであろうな」

「え……」

　吉宗は手招きして近くに寄せると、囁くように言った。

「実はな。余もお主と似たような境遇だった」

　吉宗も元は紀州徳川家の四男。しかもかなり豪放な性格で知られていた。流石に己のように相手は町人ではないが、下級藩士の娘と恋に落ち、将来を約束したという。しかし相次いで兄が死に、当主の座を継いだだけでなく、跡目が絶えたことで将軍にまでなった。その中で恋を諦めざるを得なかったというのだ。意外な告白に武元は愕然としてしまった。

「他人事ではないように思えて、こうして呼んだのよ。で……いかにするつもりだ」

武元は唇を噛みしめて項垂《うなだ》れた。この期に及んでどうすることも出来ないことは、とうの昔に解っている。結局のところ、共に逃げる決断をしなかった時点で、この恋は終わっていたのだ。今の己は切り出す勇気が無く、かといってそれを認めたくはなく、時期を待つなどと言い訳して先延ばししていたに過ぎない。

「私は卑怯者にございます……」

「ああ、卑怯者だ。お主も、余も」

吉宗は神君家康の曾孫。己は玄孫。良く言えば為政者の資質がある。悪く言えば家を残そうと固執する。この血はそのような運命を背負っているのかもしれない。いや武士とは大なり小なりそのようなものだろう。

「お雪は二十歳だ。まだ間に合う」
十六、十七で嫁ぐのも珍しくはない世である。二十五ともなれば年増と言われ、なかなか貰い手がない。だが吉宗の言うように、お雪ならばきっとまだ間に合う。己のような者を忘れ、もっと良き夫に巡り合える。母の形見の白無垢を着て幸せな日を迎えられるはず。

「けじめを付けます」

止めどなく涙が溢れ、頬を濡らした。愚かさ、情けなさ、身勝手さを包み隠し、嘘に塗《まみ》れた己に心底嫌気がさしている。だが、お雪に幸せになって欲しいと願う気持ちだけは、紛れもなく嘘ではなかった。

武元は文《ふみ》を書いた。実は国元に許嫁がおり、その者と夫婦《めおと》にならねばならない。ずっとお主を謀《たばか》り、期待を持たせて来た。故にもう二度と逢うことはないと。

詫びの言葉は添えなかった。恨まれるのは仕方ない。もっと憎んで欲しい。遅くなってしまったかもしれないが、一刻も早くその憎しみで前を向いてくれるために。

お雪の最も輝かしい数年間を奪った罪を背負い、武元は人変わりしたように職務に没頭した。家臣たちはその変貌振りに驚いたものの、吉宗から叱責を受けて心を入れ替えたものと思っている。

その後すぐ、お雪に、同じ日本橋で醤油を商っている大店の次男との縁談が持ち上がっていると聞いた。一抹の寂しさを感じる己にまた辟易したが、それ以上に安堵の気持ちが大《や》きかった。武元は心の中でそっと別れを告げ、以降はお雪のその後を調べることを止めた。

元文《げんぶん》四年（一七三九年）には奏者番《そうしゃばん》に任じられた。吉宗が直々に登用してくれたと聞いた。吉宗は己の心を全て見通し、より大きな活躍の場を与えようとしてくれたのだろう。

武元の出世は止《とど》まることを知らず、延享《えんきょう》元年（一七四四年）に寺社奉行を兼ねるようになると、延享三年（一七四六年）に将軍付きの西の丸老中、さらにその翌年には老中にまで昇ることになった。

己の生きたかもしれぬもう一つの人生。そこからは随分離れたところに来た。

武元はその後しかるべき妻を迎え、子も生まれた。今頃お雪にも子が出来たのかなどと、ふと思い出すことはある。だが、それを知ろうとは思わなかった。妻子に申し訳ないという気持ちもあるし、知ってまた想いが膨むのを恐れていたのかもしれない。

ようやくお雪の記憶も薄れかけて来た頃である。武元は、ひょんなことから驚愕の事実を耳にした。

話は館林藩の出入りの商人からだった。たまたま元は伊勢町から店を起こして大きくしたということで、つい懐かしくなり、白隈屋のことを口にしてしまったのだ。白隈屋はまだ商いを続けていた。続けていたどころか、江戸でも有数の紙問屋にまで成長していた。驚いたのはそのことではない。

──お雪が死んだだと……。

縁談が持ち上がった翌年のこと。驚きはそれだけではなかった。何と、産後の肥立ちが悪く高熱が続いた末の死だったという。つまりお雪は子を産んでいたのだ。

お雪の父も兄も、縁談に乗り気であることは耳にしていた。その時、お雪はきっと嫁ぐのだろうと、その後は知ろうとすることを止めていた。だが実際は、お雪は縁談を突っぱねた。腹に子を宿していたことを知っていたからである。

さらに一つ。幾つもの驚きの中、最も衝撃だったことがある。お雪は文を読んだ数日後、己に最後の別れを告げてくると家を出た。縁談が持ち上がっている頃の話である。父は心配になり、その後を奉公人に尾けさせたらしい。お雪の向かった先が、

──館林藩の行列……。

だったのである。お雪は路傍に跪《ひざまず》き行列を見送った。つまり乗物の引き戸を隔てて、すぐ側にいたことになる。その様子を奉公人は伝え、父や兄は己のことを、館林藩の上士が身分を隠してお雪に近づいていたのだろうと考えたらしい。それから七カ月後にお雪は子を産み、その二月後に世を去った。生まれたのは珠のような女の子で、お雪は最後まで、己が着ることが出来なかった白無垢姿の娘を夢見て死んでいったという。

娘の名はお元《ちか》。己の諱《いみな》と同じ字で、同じ読み。その話を聞いた時、武元は取り乱して嗚咽《おえつ》を零し、家臣や商人たちは訳も分からずおろおろとしていた。

お雪の父もその二年後に他界し、お元は母親の兄の養女として育《はぐく》まれてたらしい。しかも齢二十となって、縁談がもちあがっているというのだ。相手は葛飾八幡宮《かつしかはちまんぐう》近くの富農で、代官の下《もと》で名主を務めている家の嫡男。戸籍や年貢の管理も任されており、紙を扱うことも多い。安くて丈夫な紙があると白隈屋を訪れた時、お元に一目惚れしたのだという。

お元は己が養女だということを知っている。実父は生まれる前に死んだと聞いており、母であるお雪も己を産んですぐに死んだ。祖母から母に、そして己に受け継がれた白無垢姿を、両親に見せてあげられたらどれほど良かっただろうと涙を浮かべ、近所の者たちもその健気な姿に涙を堪え切れないという。

——今更、己に何が出来る。

初めはそう思ったが、その日の夜、十数年ぶりにお雪の夢を見た。武元が最後に会った若い頃のままの姿である。お雪は何かを言おうとしているが、聞こえない。ただ最後に、穏やかな笑みを浮かべてゆっくりと頭を下げる。

それから一月ほど眠れぬ夜を過ごし、武元はあることを心に決した。

――お元の花嫁姿を見たい。

あれから何度も夢に見たお雪は、己にそれを頼みに来たのではないか。ただの思い込みかもしれない。今更出て行ったところで父であると名乗ることも出来ない。遠く去ったと思っていたもう一つの人生。それは受け継がれて、今もしかと時を刻んでいる。誰よりもお雪が見たかった花嫁姿。せめて己が見届けるべきだと考えたのだ。

こうして武元は御庭番頭曽和《そわ》一鉄《いってつ》に、如何なる者も晦ませるという男に繋いでくれるように頼んだのである。お元の輿《こし》入れの日は師走二十日。それまで二十日を切っているが、件《くだん》の男はまだ姿を見せていない。

「殿」

「うむ」

宿直の者に呼ばれ、武元は布団から身を起こした。ようやく起床の時が来たのだ。窮屈な暮らしにもすっかり慣れてしまった。半身がいるとすれば、今の己をどう思うだろう。そのようなことを茫と考えながら、寝間着から着替え、医者に脈を取らせた後、朝餉《あさげ》を摂った。

本日は登城の日。時刻に余裕を持って武元は発った。屋敷の中から前後左右に家臣が続く。普段からこのように周囲に人は付くが、近頃は特に多い。何でも己を狙う者がいるという話が広まっているのだ。吹聴しているのは政敵である酒井《さかい》か。いや、酒井ほどの男ならば漏らすこともないだろうし、そもそも今に始まったことでなく、隙あらば常に狙っているだろう。

――田沼だな。

武元はそう見ている。田沼は軽輩の出身ながら、破竹の勢いで出世を重ねている。そのことで汚い手を使っているだの、己に取り入っているだの言われていることを知っているが、結局のところ妬《ねた》みや嫉《そね》みである。田沼も崇敬する吉宗が取り立てた男である。辣腕でない訳がない。吉宗が二年前に他界したことで、後ろ盾が弱くなって憚《はばか》らぬ者の雑言が増えただけ。吉宗は生前、田沼に己を頼るのがよいだろうと言ったらしい。そこから田沼とは一気に近くなった。

多少強引なところもあるが、かなり頭が切れる。何より庶民に近い下級武士出身故、己などよりも遥かに民の実情に通じ、心優しい面を持っている男である。今の己が姿を晦ませば、酒井に狙われる。それを心から危惧しているのだろう。

屋敷の中で乗物に乗り込み、江戸城に向かった。引き戸の脇にもべったりと人が付く。弓や鉄砲での狙撃を警戒しているのだ。

――これではどちらの家臣か解らぬな。

武元は乗物の中の手紐を摑みながら苦笑した。

田沼にぬかるなと釘を刺されているのだ。家臣たちも己の危険は当然望んでいないから、己がいかに大丈夫だと言っても念には念を入れるだろう。

「今日もいるか……」

引き戸を少しだけ横にずらして往来を見た。屋敷の周囲を絶え間なく警戒している者たちがいる。彼らは田沼が護衛に差し向けた道中奉行配下の者たち。指揮を執っている者が余程優れているのか、警護についてから昼夜問わず一時の弛みも無い。そしてこの登城の行列にも加わるように命じられている。

田沼には苦情を申し入れてみたが、頑として受けつけない。あの男は賄賂で身の振り方を変えるなどと揶揄されているが、実際は全く反対。信念の塊のような男である。ともかく、抜け出すためには己の家臣よりも目下、こちらのほうが厄介である。

己が「馬鹿殿」と呼ばれていた頃。こうして抜け出す隙を探って胸を弾ませていたのを思い出す。あの頃も大名とはいえ、幕閣に入っている訳でもない。時代ももう少し鷹揚であった。何より己は若く、追い縋る家臣を撒いて逃げることも出来た。今とは何もかもが違う。

江戸城へと辿り着くと、家臣たちは大手門の前で待たされることになる。道中奉行配下の者たちもここから先には進めない。代わりに老中の世話役として坊主衆と呼ばれる者が付く。彼らは同朋頭《どうぼうがしら》という者の支配である。唯一、一人になることが出来る御用部屋にも、この者を通さないとならない。

「吹上に行く」

江戸城内の西の丸の背後には、吹上御苑という庭園がある。執務の日には少し早く登城して、決まってここを散歩することにしている。

坊主衆を従えながら、武元は吹上御苑を悠々と歩く。冬であるため花の彩は少ない。少し肌寒いが、澄んだ風が心地よい。

「今年はまだ雪が降らんな」

「は……」

今でも吐息は十分に白い。しかしぐっと冷え込んだ日に限って、蒼天であることが続いたからか、今年はまだ初雪は降っていない。霙《みぞれ》のようなものが降った日はあった。雪のなり損ねである。それがあの日の己の曖昧な態度を思い出させ、鼻孔がつんと痛くなった。

「精が出るな」

庭園の世話をする者に声を掛けた。彼らは吹上方と呼ばれ、吹上奉行を筆頭に、花壇や築山、泉、植込の手入れを行っている。奉行以外は御目見得《おめみえ》以下の微禄の者たちである。

「これは――」

植込の剪定《せんてい》をしていた吹上方が跪座しようとするのを、武元は手で制した。

「よいよい。一々、礼をしていては仕事が進まぬだろう。気にせんでくれ」

毎度このように言うのだが、かといって吹上方も止めようとはしない。他の気難しい幕閣の連中ならば、跪かねば咎《とが》める者もいるのだろう。

暫く奥に進むと、また花壇の手入れをしている者が目に入った。吹上方の中でも特に吹上花壇役などと謂う二十俵から十五俵の抱え席の者である。見事な水仙な花が咲き誇っており、葉を鋏《はさみ》で整えているらしい。水仙は冬場に咲く貴重な花である。寒天の下、鮮やかな黄色い花が風に揺れている。

「見事だな」

「ご、ご老中――」

先ほどと同じように跪くのを、武元はまた仕事に戻るように優しく促した。少し離れたところで坊主衆が微笑ましげに見つめている。

「うっ……」

跪いていた花壇役が、胸を押さえてさらに頭を低くした。

「どうした。どこか――」

二、三歩歩み寄った時、武元の頬が痺《しび》れるように引き締まった。

(老中松平武元……花を愛でろ)

蚊の羽音が如き微かな声。坊主衆には聞こえていないだろう。

「お気遣い誠にありがとうございます。寒さで胸がちと痛みまして」

くらまし屋である。男はにこやかに笑った。駆け寄ろうとしていた坊主衆も、安堵の色を浮かべて足を止める。

「ならばよかった……ちと花を見させて貰えぬか。あまりにも見事でな」

「光栄でございます。如何ほどでも……」

男は鋏をわざわざ坊主衆に預けにいった。危害を加える気は毛頭ないと示すためである。これで坊主衆も近づいてくることはない。

武元は水仙の花に顔を近づけた。仄かな甘い香りがしたのも束の間。武元の神経は鼻ではなく耳に集中している。

「来てくれたか」

武元も小声。坊主衆は会話の内容は聞こえぬ距離。老中と下役の者が交流する、心温まる光景に見えているはず。

「話を聞こう」

朝の冬風に水仙が揺れる。葉の擦れあう音に溶かすように男は囁いた。

三

平九郎《へいくろう》は黄色い水仙の花を引き寄せ、花弁を指差した。離れたところにいる坊主衆には、花の形を解説しているように見えるだろう。

「驚いた。まさか花壇役に成りすますとは……」

江戸城に入り込むなど、正気の沙汰とは思えぬだろう。だが坊次郎《ぼうじろう》から話を聞いた時から、この方法しかないと考えていた。一つは道中同心、篠崎瀬兵衛《しのざきせへえ》と対峙するよりは余程ましだということ。それは七瀬《ななせ》も同じ考えであった。今まで出逢った中で、抜群に頭が切れ油断ならぬ者だと見ている。

もう一つはこれが何らかの罠《わな》ではないかと疑っていたのもある。御庭番が過去の復讐に己たちを誘《おび》き寄せようとしている可能性は少なからずあった。罠だとしても、江戸城に胡乱な者を引き入れるなど恐ろしくて出来るはずが無い。相手にも手引きという形で危険を背負わせる必要があった。

坊次郎から御庭番の曽和一鉄なる者に話をしたいと繋いで貰った。場所はこちらから浅草龍寳寺《あさくさりゅうほうじ》の門前町にある掛け茶屋と指定した。そこならば急に襲われたとしても、堀が目の前で、飛び込んで逃げることも叶うからである。

翌日、坊次郎から早くも返答があり、二日後の午《うま》の刻（十二時）きっかりに曽和一鉄が足を運ぶと約束したと聞いた。当日、平九郎は正午の鐘を聞きながら、堀の向かい側、浅草阿部川町《あべかわちょう》の辻から茶屋を窺った。

——あいつだな。

男が鐘と示し合わせたように床几《しょうぎ》に座る。風体こそ商家の若旦那風だが、確かに高尾山で見て、いつの間にか姿を消したあの男である。鐘が鳴り止むと同時に堀に架かる組合橋《くみあい》を渡り、平九郎は男の横にすうと腰を下ろした。

「来たか」

「そちらが呼んだのだろう」

男は視線を往来に置いたまま答える。通常の依頼人ならばささやかでも動揺の色が出るものだが、流石に男は顔色を一切変えない。

「曽和一鉄だな」

「ああ。お初にお目に掛かる」

「高尾山で会ったのを忘れたか」

「目敏《めざと》いな」

一鉄は口をへの字にして見せた。こちらが気付いていないならば、そのまま話を進めるつもりだったらしい。やはり御庭番は油断ならない。

「阿部将翁《あべしょうおう》を殺すのが役目だったか」

「此度のことには関わりのない話よ」

簡単には口を割るはずがないのは解っていた。一鉄は茶と団子を二つずつ注文する。

「端的に言う。城に入る」

「馬鹿な……と、言っても無駄だろうな。罠ではないのだがな」

「それはこちらで判断すること」

「で、どうしろと？」

「御庭番の中に混ぜろ」

「それは出来ない」

一鉄は手を軽く横に振った。これは頭の一鉄でもどうにもならないことらしい。将軍の直ぐ側にまで行くという性質上、その日に詰める御庭番は必ず面通しがある。

「では吹上方はどうだ。武元は登城の日には吹上御苑に足を運ぶと聞く」

「誰から聞いた」

一鉄は初めてこちらを見た。

「それを教える理由はない」

赤也《あかや》が老中の世話をする御用部屋坊主に近づいて得て来た情報である。

「ふむ……吹上方だな。何とかなる」

そもそも御庭番が隠密御用に従事しているのは公然の事実であるが、あくまで表の仕事は本丸の庭の管理。吹上方の職務とも似ている。

御庭番の新入りに花壇の手入れを学ばせたいと言えば、そのくらいのことなら承諾するだろうと一鉄は言った。

「では頼む。次の登城の日だ」

注文した団子と茶が運ばれてくる。だが、平九郎は口を付ける気は無い。予《あらかじ》めこの掛け茶屋で会うことは告げてある。一鉄が店の者を籠絡《ろうらく》し、毒を混ぜさせるということも有り得ぬことではないのだ。

平九郎が席を立とうとした時、一鉄が団子を手に取りつつ制した。

「一つだけ条件がある」

「当人から聞く」

此度の依頼人はあくまでも松平武元。曽和一鉄は繋ぎを務めているに過ぎない。平九郎は取り付く島もなかったが、一鉄はそれを無視してなおも話した。

「当日、依頼人には俺も同行する」

周りを憚ってのことだろう。一鉄は老中とは言わなかった。

「それも当人に言え」

阿部将翁が日付を決めたように、依頼人が条件を付けること自体はこれまでもあった。だが、その条件で受けるか否かはあくまでこちらが決めることである。

「俺はお主を信じた訳ではない」

「だろうな」

一鉄の立場からすればそうであろう。こちらがその気になれば、晦ます途中に老中を攫《さら》い、幕府に身の代を要求することも出来る。また政敵の酒井に高値で売り飛ばすことも可能なのだ。

平九郎は腰を上げると、横に置いていた大刀を腰に捻じ込みながら言った。

「誰に付くべきかと右往左往しているお前たちのほうが、余程信用ならぬと思うがな」

「何……」

「その点、俺たちの方が誠実さ。むろん例外はいるがな」

江戸の裏には魑魅魍魎《ちみもうりよう》が跋扈《ばつこ》している。その中で生きるということは、矛盾しているようだが信用が最も大切である。つまり請けた限りは、何があろうと勤めをやり切るということ。目先の金に釣られて裏切るような者は、いずれ淘汰《とうた》されていく。残っている者は皆、信用に重きを置いている。炙《あぶ》り屋こと万木迅十郎《ゆるぎじんじゆうろう》などその最たる者であろう。

「依頼人がお主の同行も条件に含めるならば考える」

ちらりと振り返る。思い当たる節があるのだろう。一鉄は唇を軽く噛んで上目遣いで睨んでいる。平九郎はいつでも抜けるよう、刀の鍔《つば》に親指を添え続けながらその場を後にした。

それが六日前のこと。こうして平九郎は一鉄の手引きにより、花壇役に化けて武元を待っていたのである。

「時はそう無い。早く話してくれ」

平九郎はまだ驚いている武元を急かした。

「師走二十日に晦ませて頂きたい」

武元は丁寧な口調で言った。一介の素浪人である己と、天下の政《まつりごと》を執る老中。声だけ聞けば、誰もが反対だと思うだろう。

「訳は」

「娘が輿入れする」

「何……」

武元は掌を見せて己を待たせ、離れたところにいる坊主衆に呼びかけた。

「水仙の育て方を教えて貰っている。中々に面白いわ」

「それはようございました」

「今少し待て」

坊主衆が笑顔で頷くのを見届け、武元は声低く再び語り始めた。

「儂がまだ養子に入る前の話だ……」

早口だが明瞭に、理路整然と武元は己の半生について囁き続けた。

「どうだ。受けてくれるか」

煙草《たばこ》を二、三服するほどの間だったろう。全てを話し終えると、武元はそう結んだ。

「駄目だな。掟に関わる」

武元は娘が輿入れする一日だけ姿を晦まし、翌日からは元通りの日常を送ろうとしている。これは捨てた一生を取り戻そうとせぬこと、という掟に触れる。

「これは儂が覆い隠してきた……もう一つの人生なのだ」

胸が小さく鳴った。確かにそのような考え方も出来るかと真剣に思った。己は本当ならば肥後《ひご》人吉《ひとよし》藩に仕え、妻子とつましく暮らす一生を送っているはずだった。それが運命の悪戯か、江戸で裏稼業に手を染めている。武元の言葉を借りるならば、今己が立っている場所こそ、

——もう一つの人生。

なのかもしれない。

妻子が見つかればどうする。己は元の人生に戻り、二度とこの道に戻らぬだろう。赤也や七瀬もそれは重々承知してくれている。つまりもう一つの人生を取り戻さぬということ。

己がそうであるのに、武元の場合は掟に触れるとはいかがなものか。だが受ける場合、どうしても確かめねばならないことがある。

「その『もう一つの人生』……二度と取り戻せぬことになるぞ。逢うのも一日きりになる」

「それでも行きたい」

武元は熱い眼差《まなざ》しを向けた。

「解った。受けよう」

「おお……」

「他に条件は」

「先刻も申したように師走二十日に晦ませて欲しい。あと……曽和一鉄の同行を許してくれぬか」

「頼まれたか」

「うむ。それを許して貰えないならば、一鉄も繋ぎかねるというのでな」

自ら説いても無駄と悟ったのだろう。不満げだった癖に、こちらの言う通りにしているのが少々おかしかった。そのあたりは何とも合理的に考える御庭番らしい。

「あの男に、貴殿の秘事が知れることになるが？」

今幕閣は松平派と酒井派に分かれて激しい政争を繰り広げている。去就を明らかにしない者、しても状況が変われば鞍替えする者ばかりなのだろう。御庭番もまたどちらに付くか決めかねているのではないか。あの時の一鉄の苦い表情がそれを物語っている。

「心配無い」

武元が意外なほどあっさり断言するので、平九郎も言わずともよい念押しをしてしまった。

「信用に足ると？」

「うむ。さる御方が真に困った時は頼れと……」

武元はちらりと坊主衆を見た。まだ談笑していると思っているようだが、もう猶予はそれほど残されていないだろう。武元はこちらに視線を戻して短く言った。

「吉宗公じゃ」

前将軍徳川吉宗。こうして老中と会話していることもおかしいが、桁違《けたちが》いの大物の名が出たので、平九郎も思わず苦く口を緩めた。

吉宗は武元のことを大層目を掛けて重用した。一鉄は武元に毛嫌いされていると思っていたらしいが、実際は反対で、吉宗の形見の言葉の一つだからこそ、無暗に頼るのは止《や》めようと思っていたらしい。

「だが一鉄が裏切った時は、貴殿にも責を負って貰うことになるが……？」

つまり裏切れば貴様も殺すという意である。

「よかろう。一鉄がいなければ、お主に会うことも叶わんかった」

武元は水仙の花を見つめながら目を細めた。

何となくではあるが、武元が何を考えているのか分かった気がする。武元は人との繫がりを断ち切って、今の一生を送ることになったのだ。それを一日だけ取り戻そうとしている今、たとえ相手が御庭番といえども、人との繫がりというものを深く感じているのだろう。

「……なるほどな。分かった」

「で、いかにする？」

「まだ決めてはいない」

嘘ではない。たとえ一日でも老中を晦ませるなど、過去の勤めの中でも最難関の部類。七瀬も一朝一夕で策を決められるものではないと言っている。最後に幾つか確かめねばならない。

「御老中、間もなく評定が……」

坊主衆が声を掛けてきた。そろそろ訝しんでいるのかもしれない。

「分かった。もう行く」

武元は鷹揚に手を上げて応じる。平九郎は捲《まく》し立てるように話し始めた。

「幾つか問う。すぐに答えてくれ。師走二十日、貴殿はどこにいる」

「宇都宮《うつのみや》藩の視察に向かう」

「一日、消えることで騒動になることは厭《いと》わぬか」

言い換えれば替え玉は必要かということ。流石の赤也も、老中に化けて一日中騙しきるのは難しい。

「翌日に戻れれば、こちらでどうにかする」

「宇都宮への道中、周辺を固めるのは松平家の家臣だけか」

「いや、恐らく道中奉行配下が付く。しかもどうやらかなりの切れ者のようじゃ……」

「知っている」

思わず零れ出て、武元は首を捻る。

「こちらのことだ。次が最後だ……婚礼の儀式は夜になるだろう。その日のうちに江戸へ帰るつもりならば参列は難しいぞ」

陰陽道では男は陽、女は陰と考えられている。それに基づいて陰の存在である女を迎え入れるのは、夜の方が好ましいと言われている。その時刻まで武元が葛飾にいたならば、日が変わってしまうことになるだろう。

武元は目を丸くして言葉を失っているので、平九郎は急かした。

「どうした」

「いや……思っていた男と随分と違うと思ったのでな」

「改めて訊く。どうだ」

「一目見られればそれでよい。そもそもどの面下げて、婚礼に出られようか」

「解った。仔細は一鉄より繋ぐ」

平九郎はそう言うと、顎をしゃくった。坊主衆の少し焦った顔がずっと見えている。

「頼む」

武元はそう一言残し、身を翻して去って行った。平九郎は再び水仙の世話に戻る。姿が見えなくなるまでは花壇役を装わねばならない。跫音《あしおと》が離れていくのを確かめると、水仙の花をちょんと指で突《つつ》き、平九郎は足早にその場を立ち去った。

## 四

波積《はづみ》屋の板場の脇に隠し戸がある。それを開けると細い階段が延びており、二階に上がることが出来る。勤めの相談はいつもここで行うのだ。

江戸城吹上御苑で松平武元と会った翌日の夜、平九郎らはここに集まった。

「と……いうことだ」

平九郎は武元と話した内容を二人に告げた。

「へえ、天下の老中がねえ」

赤也はそう言うものの、あまり驚いていないようである。この稼業を続けてきて、身分の上下にかかわらず、人には一つや二つ、誰にも話せず抱え込んでいる過去があることを知っているからだろう。

「それにしても厄介ね」

七瀬はいつになく神妙な顔つきで、細い指を顎に添える。

「日が決まっているからな」

今回の勤めはいつ仕掛けてもよいという訳ではない。師走二十日、その日でなくては意味がないのである。阿部将翁の時も日の制限はあったが、この二つは似て非なるもの。あれは送り届ける日を定められていたのであって、決行の日を定められていた訳ではない。間に合うならば、いつ仕掛けてもよかった。

「仕掛ける日が決まっているから、警戒の強さは尋常じゃあないでしょうね」

武元の娘のことを知っているのは、武元の側近である田沼などごく僅か。そして、武元が唐突に宇都宮藩の視察を入れたことを訝しんだのだろう。独自に調べてその日が娘の輿入れ日と同日だと気が付いた。

——御老中、なりませぬぞ。

ある日、田沼がそう諫《いさ》めて来たので、こちらの望みを知られていると悟ったらしい。田沼は熱の籠った視線で武元をじっと見つめ、その目尻には涙すら浮かんでいたという。武元の願いを叶えてやりたい思いはあるが、これぱかりは我慢してくれ。そう言っているように思えたと、武元は大きな溜息で水仙の花を揺らしていた。

政敵の酒井は隙あらば武元を引きずり下ろそうとしている。一人になるなど狙ってくれと言っているようなもの。武元がまことに聞き入れてくれたかは解らない。そこで念のために道中奉行の配下に護衛をさせ、同時に監視もしているという状況である。

「田沼は恐らく知っているな」

赤也は鬢《びん》の辺りを掻《か》き毟《むし》った。

「篠崎瀬兵衛だな」

道中奉行の配下には多くの同心がいる。その中で瀬兵衛が選ばれたのはただの偶然かと、平九郎が武元に会いに行くのと並行して赤也に探らせた。瀬兵衛の同輩に探りを入れたところ、与力に田沼屋敷に行くように命じられていたことが解った。田沼は瀬兵衛の腕に気付いており、名指しで警護に当たらせていると見るべきだろう。田沼は俊英との呼び声高く、その若さに似合わず老獪《ろうかい》とも聞く。一道中同心のことにまで精通しているというならば、破竹の出世も納得いくというものである。

赤也は何かを思い出したように、軽く手を叩いた。

「そう言えば、あの男。世間の評は俺たちの見立てとは随分違っているようだぜ」

赤也は聞き込みの中で、思いがけず篠崎瀬兵衛の評価が芳しくないことを知ったらしい。若い頃は将来を嘱望された同心だったらしく、数年前まで数々の難事件を解決、悪人を捕まえたことで「路狼《みちおおかみ》」の異名を取っていたらしい。それが若い妻を娶った頃を境に、人変わりしたように、危険な事件には何かと言い訳をして踏み込まぬようになった。民の不利益になることならば、相手が上役であっても噛みついていたのだが、阿諛《おべつか》を言うようになったのもその頃だとか。

かといってお役目に不真面目な訳ではない。何でもそつなくこなしているのだが、以前は進んで難しい事件に臨んでいただけに、その差があまりに大きく、侮りを生んでいるのだろう。妻に骨抜きにされたのであろうと揶揄する者もおり、今ではすっかり昼行燈の蔑称が定着しているという。

「とてもそうは見えねえがな」

「ああ、ありゃあ猫を被っているが、中身は狼のままだろうよ」

赤也の完璧な変装も訝しんでいたように見えた。事実、己たちに以前騙されたことに気付いていたことも、高尾山で言葉を交わした中で知った。裏の道に入って、そんなことは一度として無かったのだ。その瀬兵衛が「たった一日」に絞って警戒している。どんな些細なことでも見逃さないに違いない。

「そもそも武元は乗物の中だろう。そんな中から晦ませるなんて出来るか？」

老中のことを呼び捨てにするなど、武元の周囲の者が聞けば卒倒するに違いない。だがこれも赤也がこれまでと変わらず、依頼人の一人だと捉えている証拠。それでよいのだ。相手が老中だと遠慮していては、土壇場で大きな失敗を生みかねない。

「休息中を狙うか」

飯を食べることも、用を足すこともあろう。駕籠から降りてきたところを狙う他ないのではないか。だが七瀬はすぐさま首を横に振る。

「駄目。篠崎はそこを最も警戒するはず。私ならそうするもの……乗物に乗って移動している時が一番ましだと思う」

「そんなの無理だろうよ」

赤也が言うのも無理はない。もし乗物から武元が出れば、担い手が急に軽くなったことに気付くだろう。

「乗物を地に置いた時に移せれば……」

七瀬はぶつぶつと独り言を漏らす。何か方法はないかと思案し続けているのだ。

「それなら軽くなって気付かれることはないだろうが、そもそも出た時点でばれちまうだろう?」

「そうね……」

何よりその両脇には警護の家臣、道中方がべったり張り付いている。露見せぬように乗物から出ることすら不可能であろう。

「裏でいくか」

平九郎が静かに零すと、二人の表情に同時に緊張が走る。己たち裏稼業の表こそ、世の中でいうところの裏。つまり己たちの裏とは、世で言うところの表。正攻法ということ。今回の場合でいえば白昼堂々行列に襲い掛かって、武元を強奪するということになる。

普段から「裏」で行くことを極力避けている己から、その言葉が出たので二人も驚いているのである。だが、状況を鑑みれば、それしか残された手段はないように思うのだ。

「大変なことになるわ。それに手練れが混じっているかもしれない」

今回の行列の規模は参勤に準ずるとのこと。武元は館林六万四千石だが、老中であるため十万石級の行列になる。十万石の行列といえば、馬上の者十人、徒士が八十人、人足が百五十人、合わせて二百四十人。ここに道の先導役の名目で道中奉行配下が付く。

少なく見積もっても三十人は下らないだろう。その三百人近い者たちが、武元を守ろうと奔走する。館林藩にも剣術指南役や槍術指南役がいるはずで、手練れがいてもおかしくない。そこに斬り込むのは流石に危険過ぎると七瀬は反対した。

「表も裏も駄目か……」

平九郎は下唇を噛みしめ、部屋を照らす蠟燭《ろうそく》の火を見た。灯した時よりも一寸ばかり減っている。いつもより長く話しているが、未だ糸口は見えないでいる。

「表も裏も……いけるかも」

七瀬がぽつんと呟いた。

「本当か。どうやって——」

赤也が身を乗り出すが、七瀬は手で制して瞑目する。これは七瀬が思考を巡らせている時の癖。それを知っている赤也も口を噤《つぐ》み、大人しく次の言葉を待った。

やがて七瀬は薄っすらと目を開くと、部屋に流れる静寂を破った。

「表と裏を同時にやるの」

「何……」

七瀬が滔々《とうとう》と説明するにつれ、その真意が解って来た。

まず平九郎が行列を強襲する振りをする。振りというのが味噌《みそ》である。あくまでその姿勢を見せるだけ。全員の視線を引き寄せ、その隙に武元を乗物の中から晦ませるのだ。ようは「裏」を囮にして、「表」を行うということである。

「でも駕籠を下ろさなければどうする？　仮に下ろしても両脇を一気に固められたら手も足も出ねえ」

赤也の言うことはもっともである。胡乱な者の襲撃を受けるのだ。担い手は乗物を下ろさず、いつでも動けるようにするかもしれない。仮に下ろしたとしても、やはり両側を人の壁で塞ぐだろう。

「それを一気に解決する方法がある」

七瀬はさらに声を潜めて仔細を一気に語った。

「確かに……それならいけるかもしれない」

全てを聞き終えると、平九郎は思わず唸り声を上げてしまった。七瀬の出自だからこそ思いついた策と言えよう。

「相当大掛かりになりそうだな」

七瀬の策がかなり大胆なものだったので、赤也は顔を引き攣らせている。支度にはそれなりに時を要する。通常ならば間に合わないかもしれないが、この策の最も重要な部分は、坊次郎が一枚噛んでいることで解決出来るだろう。

「よし、それでいこう」

平九郎が力強く言うと、二人とも小さく頷く。

どこか隙間があるのか、腰の辺りをひやりと冷たい風が撫《な》ぜ、蠟燭の火を揺らす。この冬はこれまで暖かかったが、ここ数日で一気に冷え込んできた。初雪が降るのも間もなくかもしれない。そのようなことを考えながら、平九郎はかじかむ手を握りしめた。

# 第四章　大名行列

## 一

師走《しわす》（十二月）二十日、篠崎瀬兵衛《しのざきせへえ》は陽が昇る前に起きた。

お妙《たえ》はすでに床から抜け出て湯を沸かしてくれている。朝餉《あさげ》は残った冷や飯を湯漬けにしてくれればよいと言ってある。役目の詳細は告げていないが、今日から宇都宮《うつのみや》に赴《おもむ》くことは伝えていた。故に精の付く物をとお妙は言ってくれたが、むしろ湯漬けで軽く腹を満たしたくらいのほうが頭も冴《さ》えるから、と答えておいたのだ。

「どうぞ」

お妙は湯漬けと沢庵の載った膳を前に置く。外光を取り入れているが、まだ外は薄暗いため、行燈《あんどん》を灯している。仄《ほの》かな灯りに照らされ、椀から湯気が立ち上っている。

「すまんな。今日はかなり冷える」

障子も開け放っているため、寒風が吹き込む。搔《か》っ込んだ湯漬けが冷えた躰《からだ》に染みわたる。

　瀬兵衛は手早く朝餉を済ませると、出立の支度に掛かった。全てを終えたところで、お妙が刀を両手に抱えて運んできた。瀬兵衛はそれを腰に差し込みながら、微笑《ほほえ》みを向けた。

「帰りは四日後の予定だ。戸締りを特に気をつけるのだぞ」

「お気をつけて行ってらっしゃいませ」

「何か土産《みやげ》を買って来る」

「まあ、お役目なのにそのようなお暇が？」

「向こうに着けば、我々はお役御免だ」

　厳密に言えば、今日さえ乗り切れば己の役目は終わったといっても過言ではない。老中が姿を消そうとしているなど、未だに信じ難い。仮に企図していたとしても、すでに諦めているのではないか。

　一昨日、再び田沼《たぬま》に呼び出された。これまでの報告と最後の打ち合わせのためである。そこで瀬兵衛は己の考えをぶつけてみたが、田沼はこの段になっても御老中は動くと断言した。

　田沼の言う通りだとしても、如何にして姿を消そうというのか。己を守る二百人以

上の行列の目を眩《くら》まして逃げるなど、不可能ではないかとも進言した。これに対して田沼は、

――御老中は御庭番を使い、市井《しせい》と繋《つな》ぎを持ったようだ。

と、苦々しく頬骨を撫《な》ぜた。つまりは、市井の何者かの手を借りようとしているということ。そのことを聞いた時、瀬兵衛の脳裏に過《よぎ》ったのは、

――くらまし屋……。

のことである。金さえ積めば、如何なる者も晦《くら》ませる。此度《こたび》の老中からすれば、これ以上に協力を得たい者はいまい。ただ天下の老中が、あのような裏稼業に依頼をするだろうか。そう考えたが、やはり今でも頭にちらついている。

「どうかなさいましたか？」

お妙が不安そうに顔を覗《のぞ》き込んだ。深刻な顔をしていたらしい。瀬兵衛は慌てて顔を緩める。

「いや、お前の飯が暫《しばら》く食えないのが寂しくてな」

「ふふ……帰ったらご馳走をご用意致します」

「ありがとう。では、行って来る」

瀬兵衛は軽く手を上げて家を出た。

ようやく東の空が白み始め、町のあちこちから鶏の鳴き声がする中、瀬兵衛は道中与力松下善太夫《まつしたぜんだゆう》の屋敷へと向かう。道中奉行は他の役目と兼務であるため、役屋敷や役宅というものを持たない。故に善太夫の屋敷で集合する段取りになっているのだ。

瀬兵衛が一番乗りである。続々と道中方が集まって来る。

「おはようございます」

猪原新右衛門《いのはらしんえもん》が白い息を弾ませながら近づいてくる。配下の者たちには、宇都宮に向かう老中を襲撃しようとする者がいるとの報が入ったので、道中方が駆り出されることになったと伝えている。実際とは少し話は違うが、老中から目を離さないということでは同じである。

「よく眠れたか？」

「ええ」

新右衛門はにこりと笑った。己がこの歳の頃、老中への襲撃に備えるとなれば、これほど落ち着いていられなかったのではないか。何事も手控え帳に控える生真面目さの他に、このような豪胆さも瀬兵衛がこの若者に期待を寄せている理由である。

意気込む新右衛門の背中越しに、屋敷に入ってくる者が見えて瀬兵衛は頭を下げた。

「乾《いぬい》殿、よろしくお頼み申す」

「お願い致す」

乾京介《きようすけ》。己と同じ道中同心で、齢《よわい》は己より一回り以上若い二十五歳。きれ長の目、高い鼻筋、抜けるように白い、女のようなきめの細かい肌。この相貌により町の娘たちにも人気が高いと耳にしているが、当人は歯牙にもかけていないようである。瀬兵衛は数年お役目を共にしているが、京介が笑ったところは見たことが無い。

「よろしくお願い致します！」

新右衛門が後ろから頭を弾かれたように礼をする。京介も配下を抱えて一組を率いる同心。他の同心の組と共にお役目に当たることはなかなか無いため、顔くらいは知っていようが話したことはないはずだ。

「拙者は猪原……」

「存じている。猪原新右衛門だな」

新右衛門が言い終える前に京介は制した。

「以前にお話ししたことが……」

「他の組であろうとも全員の名を諳《そら》んじている。顔も覚えている故な」

「流石ですね」

「当然のことだ。一度見た顔を忘れては、道中奉行配下は務まらぬ」

乾京介が優秀な同心であることは周知の事実。瀬兵衛も一目置いている。

実際に京介の活躍は目覚ましい。瀬兵衛から見ても怜悧《れいり》な頭脳を持ち、数多くの事件を解決に導いてきた。この七年で京介の名は各方面に轟《とどろ》き、各宿場の役人からは大いに頼りにされ、悪人たちからは酷く恐れられている。

「顔だけでない。耳の形や、旋毛《つむじ》の形などの変えられぬ部位。その者の声、匂い、仕草、全て覚えねばならぬ」

京介は視線を外して宙を見つめながら、淡々と新右衛門に向けて語った。

京介は下手人をどこまでも苛烈《かれつ》に追い詰め、そこに私情を一切挟まぬことでも有名である。

たとえばこのような話があった。ある男が飢えた家族を食べさせるために小田原宿《おだわら》で盗みを働いた。その男が住んでいたのは小田原から離れた藤沢《ふじさわ》。しかし京介は諦めずに男を捜し続け、家を突き詰めると、家族と食事をしている時に踏み込んだ。

泣きわめく子、それを抱きしめる妻、大人しく捕まるから外で縄を掛けてくれと懇願する男。同心といえども人である。皆がこのような局面は何度か経験しているが、男の頼みを聞き入れて外に連れ出すだろう。

しかし京介は懇願を無視して、妻子の前で丹念に縛り上げて引っ立てた。このよう

な京介の冷酷ともいえるお役目に対する徹底ぶりと、冷たい相貌が相まって、

――氷狐《こおりぎつね》。

などと渾名する者もいるのだ。

「此度はお力添えありがとうございます」

瀬兵衛は改めて礼を述べた。

この旅では、四十四人の道中奉行配下が老中の警護にあたることになった。瀬兵衛が率いている組は己も含めて二十二人。その内訳は、まず補佐役の道中役が一人。これが瀬兵衛の組では新右衛門にあたる。その下に小組頭が率いる、五人一組の小組が四つというものである。

つまり己の配下だけでは数が足りず、与力の善太夫に同輩の同心を付けてくれるように頼んだ。命じるのは簡単だが、足並みを揃《そろ》えるためには志願した者がよかろうと善太夫は判断した。そこで役目の内容は告げず、配下の同心たちに募ったが、

――篠崎の下には付きたくない。

と、考えているのだろう。誰も応じなかった。ただ京介だけが名乗り出たと聞いている。

「至らぬところもあろうと思うが……」

瀬兵衛が重ねて頼もうとした時、京介は互いの肩が触れるほど側に来て囁《ささや》いた。

「己のためです」

「己の……？」

京介の言う意味が解らず、瀬兵衛は眉《まゆ》を顰《ひそ》めた。

「この件、御側御用取次《おそばごようとりつぎ》……田沼様が一枚噛《か》んでいるのでしょう？」

「何……」

「やはり」

しまったと思ったが遅い。京介としても確証はなかったのだろう。かまを掛けられ、反応してしまったことになる。京介は声を潜めて続けた。

「篠崎殿が田沼様の屋敷に出入りされていたので、そうではないかと推察したのです」

「何故、それを」

田沼の屋敷に向かう時は一人。しかもそのたびに前もって善太夫に告げて、非番にしてもらっていた。怪しまれる要素は何も見当たらないのだ。

「上役、同輩の動向には気を配っています。別に常に監視している訳ではないのでご心配なく」

この数年、瀬兵衛の非番の日が変わったことは無かった。風邪をひいてお役目に差し障りがあるようなことはあってはならぬと、常に躰の調子には気を配っている。反面、非番を返上してお役目に熱心になるということもない。何事も目立たぬように過ごして来た。だが、ここのところ急に非番の日が変わることが気に掛かり、己の後を尾《つ》けたらしい。

「他言無用なのでしょう。お役目の仔細も聞きません。私としては田沼様肝煎《きもい》りの勤めということが解ればよいのです」

京介は感情のうかがえない冷静な口調である。

「故に志願して下さったと？」

「ええ。一つ望むことは、此度の務めが上手くいった暁《あかつき》には、乾京介の名を出して頂きたい。田沼様はこれからまだまだ昇られる御方。覚えて頂いて損はありません」

「出世か……」

「当家の経緯は篠崎殿もご存じのはず」

乾家は元々篠崎家などよりかなり家格が高く、京介の父の代までは道中与力を務めていた。だが瀬兵衛がまだ駆け出しだった頃、京介の父がお役目で失態を犯して禄高を削られた。与力を務めるには相応の家格が必要であり、役職も同心に格下げされたという経緯がある。

　京介は十八で家督を継いでからというもの、寝ても覚めてもお役目に奔走している。薄々勘付いてはいたが、父の汚名を雪《そそ》ぎ、与力の地位に返り咲こうとしているのだろうと言う者もいた。

「左様か。私に出来ることはしよう」

　半ば認めたようなものだが、明言は避けてそのように言うのが精一杯である。

「頼みます」

「それにしても尾けられていたとは……とんと気付きませんでした」

　瀬兵衛は項《うなじ》を掻きながら苦笑した。このような愚鈍な演技も随分板に付いた。だが今回ばかりは真に気付かなかったのだ。

「配下に尾けさせては気付かれると思いましたので、私が」

「買いかぶりというものだ」

「私は路狼《みちおおかみ》と呼ばれていた頃の篠崎殿を知っていますので」

　京介が十八でこのお役目に就いた時、己は道中奉行配下の先駆けとして悪人を悉《ことごと》く捕まえていた。若い京介が何度かお役目向きのことを、熱心に尋ねに来ていたことも覚えている。

「以前の話です。今ではすっかり昼行燈などと……」

「どうでしょうな」

京介は鋭く吊り上がった眉を持ち上げ、自らの配下の点呼に向かった。

――嘘ではないのだ。

瀬兵衛は凛《りん》と伸びた京介の背を見ながら心の中で呟《つぶや》いた。

これまで培った経験というものは、確かになかなか失われるものではない。だがそれを活かすためには、死地へも踏み込む勇気と、悪人を赦さぬという情熱が必須である。譬えるならば、いくら立派な竈《かまど》を拵《こしら》えようとも、中にくべる薪《まき》が湿っているようなもの。ことお役目に関していえば、まさしく今の己はそのような状態だといえよう。

ただ最近、あの男のことを考える時だけ、心の薪が乾くのを覚える。乾くだけでなく、小さな種火が燻《くすぶ》るのだ。瀬兵衛は脳裏に、どこか悲哀が感じられる相貌を想い浮かべながら、拳《こぶし》をぎゅっと握りしめた。

二

一人、また一人と集《つど》って来る。どの配下の顔にも決意の色が滲み出ている。

道中奉行配下四十四人は参集を終えると、御曲輪《おくるわ》内にある松平《まつだいら》屋敷まで移動した。

到着の旨を告げるため、代表して瀬兵衛と京介の二人が門を潜る。すでに庭には松平家の家臣たちも支度を終えており、大名駕籠も用意されている。あとは老中松平武元《たけちか》が乗りこめば、いつでも出立出来るという状態である。

小姓たちを引き連れながら、廊下を歩いて来る男。頭から尻まで同じ太さの眉。二重の大きな眼《まなこ》。鼻も鼻柱も小鼻も共に張り出している。顔の部位全てが意志の強さを表しており、乱世の大名とはこのような相貌ではなかったかという精悍《せいかん》さも感じた。瀬兵衛と京介は跪《ひざまず》いて声が掛かるのを待った。

「松平武元だ。よろしく頼む」

「道中同心、篠崎瀬兵衛でございます」

「同じく、乾京介と申します」

二人が名乗ると、武元はこれまた大きな口を綻ばせた。

「田沼も心配性なものだ」

田沼が道中奉行配下を付けたのは、武元も知っている。表向きには警護であるが、その真意が姿を消さぬように見張るということも、見抜いている様子であった。

「宇都宮までお供を務めます」

「ああ、頼む」

武元は少し苦く笑った。

——動くな。

恐らく武元は、己が姿を晦ませられると確信している。その時に己たちが咎められるのを心苦しいと思っているのではないか。

瀬兵衛はそう直感した。

武元が大名駕籠に乗り込もうとした時、瀬兵衛は声低く制した。

「暫《しば》しお待ちを」

武元は何故止められたのかときょとんとし、家臣の一人が睨みながら言った。

「無礼であろう」

「私は無事にお送りする責務があります。中を改めさせて頂きたい」

「そのようなこと——」

「念はどれほど入れてもよいものです」

瀬兵衛が言い切ると、武元はゆっくりと頷いた。

「その通りだ。頼む」

「はっ……」

このやりとりに京介も少し戸惑っていたが、共に乗物を改めるのを手伝い始めた。

乗物の両側にはそれぞれ半畳ほどの引き戸が二枚ずつ。いずれも金箔で豪奢に装飾が施されており、左右どちらからでも開くようになっている。引き戸にはさらに小さな引き窓が付いており、顔だけを出せる構造になっている。瀬兵衛は乗物の中に頭を入れ、京介も反対側から同じようにした。

藺草《いぐさ》の香りが残る新しい畳が一枚敷かれており、厚手の座布団、肘掛がある。畳を持ち上げて下を探ったが、変哲も無い板が隙間なく並んでいるだけ。見上げて天井を探ってみたが、これも何も変わったところはない。揺れに備えるために摑む釣り紐がぶら下がっているのみである。

「剛毅なことです」

反対から首を伸ばす京介が小声で囁いた。老中相手に乗物を改めると主張したことであろう。

「お役目を恙《つつが》なくこなしたいのでな」

瀬兵衛がにこりと笑うと、京介は引き攣《つ》ったように片側の口角を上げた。

「あくまでも昼行燈を装う訳ですか」

「まことに昼行燈よ。よし、変わったところはない」

瀬兵衛は乗物から上半身を引き出し、武元の前に改めて跪いた。

「曲者の姿はございませんでした」

「左様か。では行くか」

武元は少しばつの悪そうな笑みを見せ、乗物へと乗り込んだ。

松平家の家臣二百三十八人、道中奉行配下四十四人、合わせて二百八十人の行列が出発した。早朝のため往来に人通りは少ない。それでも朝早くから仕事に向かおうとする職人風や、河岸《かし》に向かうであろう魚屋の姿もある。先頭を行く露払いが、

「下にー、下にー」

と、よく通る錆びた声を発すると、皆が脇に寄って地に膝を突く。大名行列に出くわした時、庶民は通り過ぎるまで、このように跪かねばならない。今回はまだ三百人足らずと中規模だが、これが加賀《かが》百万石の前田《まえだ》家ともなればその数は二千人を超え、四半刻（約三〇分）以上も待たなければならないのだから、庶民にとってはよい迷惑だろう。

瀬兵衛は乗物のすぐ後ろを歩く。行列の中央にいることで、前後の異変に対応するためである。その両脇には京介と新右衛門。何か事が出来《しゅったい》すれば京介に相談しなければならないし、指示を飛ばすためには新右衛門も側にいたほうがよい。

「新右衛門、ぬかるなよ」

「はい。近づく者があれば、問答無用で取り押さえます」

意気込む新右衛門を見て、瀬兵衛は念のために口にした。

「全てはまずい」

「え？」

「飛脚は気を付けつつ見送れ」

「産婆にも同様」

夏場には汗一つかかず涼しい顔をしている京介だが、どうやら寒さは苦手らしく、群青の布を襟巻《えりまき》にしている。それを指で摘《つま》み下げて、瀬兵衛に続いた。

「確かに」

新右衛門は気負い過ぎてやはり失念していたようだ。

いかなる者も道を空けて跪かねばならない大名行列であるが、僅かながら例外がある。それが飛脚と産婆なのである。飛脚に関しては幕府の重要な報せを運んでいる場合もあるから。産婆は言わずもがな、子が生まれるという緊急事態だからである。この二つの例外は、仮に行列の脇に来ても押さえる訳にはいかず、警戒しつつ見送るしかない。

話していると、先の辻から飛脚が飛び出して来てこちらに向かって来る。丁度すれ違う恰好となるだろうが、松平家の家臣も飛脚なので誰も咎《とが》めない。

「新右衛門、気をつけろ」

「はい」

瀬兵衛が念を入れて視線で追う。京介に至ってはすでに刀の柄に手を掛けている。

飛脚は遠慮して頭を下げたまま脇を駆け抜けていった。

「ふう……本当に気が抜けませんね」

新右衛門は溜息と共に肩の力を抜いた。産婆はともかく、街道筋は飛脚の往来も多い。その度に警戒せねばならず、気が張るのは確かである。

「篠崎殿、飛脚や産婆も気をつけねばならないが……身内ということは？」

京介が白い息をふわりと浮かべ、針の如く目を細める。

「流石ですな」

京介が言わんとしていること。それは、

――松平家の家臣の中に胡乱な者が混じっていないか。

と、いうことである。

家臣たちは日頃から顔見知りのはずで、そこに曲者が入り込むなど、並の者なら想像しないだろう。

「世には恐ろしいほど変装に長《た》けた者がいます。それこそ他人に成りすますほどに」

道中奉行配下は役目柄、宿場での検問を行うことが多い。京介も武士が町人に、男が女に、若者が老人にと、あの手この手で化けて通り抜けようとするのを見て来た。瀬兵衛も同様で特に思い出されるのは、くらまし屋のこと。どうやらくらまし屋はあの男一人の呼称ではなく、一味の名だと見てよい。その一味の中には己だけでなく、他者まで別人に化けさせる者が含まれている。恐らくあれは卓越した化粧術ではないかと瀬兵衛は見ていた。

「ご心配なく。当日の朝、集まった時点でそれぞれの前で顔を洗って頂きました。新右衛門が確かめています」

「見届けています」

新右衛門が力強く頷いた。道中奉行配下が集合する前、新右衛門を松平家の屋敷に向かわせ、家臣たちの顔を洗わせていた。事前にそのようにする旨は伝えており、彼らは素直に従ってくれたという。

「さらに合言葉を定め、いつでも確かめられるようにと」

「合言葉を考えたのは誰です。仮に松平家の方だとすれば、すでにその者が別人ということも……」

「乾殿はやはり抜け目の無い方でござる。私もそれを危惧《きぐ》しました」

合言葉は先に決めても、当日決めても、付け込まれる恐れがある。そこで行列に同行する家臣全員の名を書いた籤《くじ》を作成し、新右衛門が引いて、引かれた者が合言葉を決める。これで外部に合言葉が漏れることはないということになる。

「その籤を引いた猪原殿が本人という証左は？」

京介の目がきらりと光る。新右衛門はむっとしたような顔になって口を開きかけたが、瀬兵衛が肘《ひじ》で小突いて制した。

「これは猪原新右衛門ですよ」

瀬兵衛は新右衛門の頰を指で抓《つね》って笑った。

「では、あなたが篠崎殿という証は？」

京介が冷たく言い放ったので、頰を摩《さす》っていた新右衛門も堪らず口を開く。

「乾様、言葉が――」

「黙っておれ」

瀬兵衛は掌で遮って続けた。

「乾京介殿と初めてお会いしたのは、貴殿が十八歳のこのような寒い日。千住《せんじゅ》宿で鬼灯《ほおずき》組の盗みがあったものの、その後の足取りが杳《よう》として判らず、私に助言を求めに来られた」

　若い京介は歯嚙みして悔しがり、何としても追いたいので意見を欲しいと言ってきた。

「まさしく。疑いは晴れました」

　京介は懐かしむような素振りも見せずに、平静に頷く。その頃の京介はもっと感情を表に出していたような気がする。瀬兵衛はふと昔を思い出した。己もそうであったように、七年の間お役目に奔走する中で、変わらざるを得なかったこともあるだろう。

「そちらはどうなんですか？」

　新右衛門が不貞腐れたように訊く。京介の配下である二十一人は入れ替わっていないかということである。すると、京介は襟巻をくるくると外すと、襟を開いて胸元を顕わにした。そこには針で引っ搔いたような細い傷があった。

「お役目が老中の警護と聞いた時、変装に長けた何者かが紛れ込むことを最も恐れました。故にその日に針で皆の胸に傷を。本日、確かめてここに参集しております」

「そこまで……」

　新右衛門は先ほどまでの不満も霧散したか、言葉を失って己越しに京介を凝視している。

用心すべき点を見抜く慧眼《けいがん》、それに備える用意周到さ、掻き傷程度とはいえ自らを傷つける覚悟、正直なところ瀬兵衛も些か驚いている。今、道中奉行配下を牽引する遣り手だけはある。己も万端の準備をしてきたが、この男が加わっていることは心強い。

「御覚悟、見事でございます」

瀬兵衛は京介のほうを向いて、軽く頭を下げた。京介はさっと衣服を整えると、再び襟巻を巻き付ける。その所作には一切の無駄が無く、この若い同心の性格を表しているようだ。

三

一行は千住宿に差し掛かったが、そこで脚を止めることなく先を急いだ。

目的地の宇都宮は日光《にっこう》街道沿いにあり、此度の行程については一切合切、道中奉行配下に任せて貰っていた。

行列はゆるりと進むのが常で、本来ならば千住から四里半の越谷《こしがや》宿で泊まることが多い。しかし此度はそこからさらに二里三十町先の粕壁《かすかべ》宿の本陣で一泊することになっている。情報が漏れぬように、今朝までは越谷と松平家に伝えていた。本日集まったところで、粕壁宿に変更する旨を伝えたのだ。

武元本人が姿を消したがっているということだが、状況からして何者かの手引きがなければ不可能である。ならばその者たちも越谷宿だと考えて罠を張るかもしれない。そのための処置なのだ。

千住宿まではまだ民家も多いが、そこからは長閑《のどか》な田園風景が広がる。とはいえとっくに収穫は終わっており、裏作で麦を育てる田が僅かにあるだけ。褐色の土が視野の半分以上を占めており、殺風景である。

今年の冬は例年に比べて暖かかったが、ここのところ一気に冷え込むようになった。今日は北風も強く痺《しび》れるような寒さで、枯れ木の細枝を震わせていた。朝の内はまだ青空も見えていたが、徐々に鉛色の雲が西から押し寄せて来ている。もしかすると初雪が降るかもしれない。

草加《そうか》宿を抜けた矢先、先頭で騒動が起こった。

「何事だ⁉」

新右衛門が配下の道中方に尋ねる。乗物の引き戸がそろりと開き、武元の顔が半ば見えた。

「御老中、戸をお閉め下さい」

何者かが襲撃してきたとも考え、そのように言った。

老中の安全を思っての発言である。武元は素直に応じて戸を閉めた。

「ふむ……解った」

「どうやら鉢合わせですな」

京介が横で囁く。先頭から聞こえてくる話し声から察するに、どうやら別の大名行列が来ているらしい。このような事態を避けるため、行列を組む時は物見を先行させている。だが、この草加宿の近くは長く一本道が続いており、互いの物見が気付いた時にはもう遅かった。

何故ここまでして鉢合わせを回避しようとするかというと、色々と面倒なことをしなければならないからである。まず為すべきは互いの格を確かめること。これがかなり難しい。将軍家との血筋の近さ、今現在の、あるいは前の幕府での役職、官位、石高、詰めの間の位置、年齢などを比べてどちらの家格が上かを見極める。そのために行列には、三百諸侯全てに通じた供頭《ともがしら》がついていた。

家格の上下が出れば、下の方が道を譲る。そして大名駕籠がすれ違う時、一度歩みを止めねばならない。この時は互いの乗物を下ろし、下の者が乗物の引き戸を開けて片足を出すという慣例がある。降りて挨拶《あいさつ》をしようとしている仕草である。上の者は無用と声をかけ、ようやく乗物を上げてすれ違うことが出来るのだ。もっともまことに親しい場合などは、互いに顔を出して会話を交わすこともある。

「相手の家中は？」

瀬兵衛は戻って来た物見に尋ねた。

「戸沢正誠《とざわまさのぶ》公です」

「出羽新庄藩《でわしんじょう》だな」

出羽新庄藩は表高六万八千二百石、当主の官位は上総介《かずさのすけ》。何より外様であるため、こちらのほうが家格は上。そもそも今の松平武元より家格が上の大名など数えるほどしかいない。

日光街道は宇都宮宿までは、奥州街道と重なっている。出羽新庄藩が参府する時はこの道を通るので、訝しいところは無い。

「このような時期に参勤か……」

敢えて言うならばそれだけが怪しい。大名の力を削ぐという目的もある参勤交代だが、幕府としても流石に冬に来いと命じることはなく、大抵は春か夏である。ましてやこの季節の出羽なら、すでに雪が降り積もっているかもしれないのだ。

大名駕籠の中から武元の声が聞こえた。

「儂が来るように命じたのだ」

新庄藩内では、ここのところ雪害のため不作が続いている。今はまだ大事にはなっていないが、このままだと飢饉の恐れもあるため、当主から借財の相談をしたいと申し出があったらしい。田植えが始まる春では遅いと考え、武元が一刻も早く来るようにと命じたらしい。

「左様で。分かりました」

通常の大名ならばこのようなことは知らないが、武元は幕府の中枢にいる男。細かな情報を事前に知れるのは、守る上でも有難いことである。

「そのまま進みましょう」

松平家の家臣たちを促し、行列は同じ速さを保ちつつ進む。新庄藩の家臣たちは道脇で頭を下げている。庶民と異なって跪く必要は無い。やがて新庄藩主の乗物が見えて来た。すでに地に下ろされている。こちらもそのすぐ横に乗物を置かねばならない。

「新右衛門、ぬかるなよ。後ろを」

瀬兵衛は、喉の奥を鳴らすように小声で指示を出す。新右衛門は頷いて後ろに気を配る。

「乗物を下ろすとなれば、御老中を狙う者には好機という訳ですな」

京介もすぐに察して周囲を窺う。前後だけではない。辺りは田畑ばかりで見通しはよいものの、畔《あぜ》に身を潜めている者がいるかもしれないのだ。

こちらの乗物も下ろし、狭い道に二つ並ぶこととなる。新庄藩も慣例は弁《わきま》えており、引き戸が開き、すっと足が出る。ここで武元が無用と言えば、それで足を戻す。こちらが乗物を持ち上げて進み、すれ違いは完了となる。だが、武元は引き戸に付いた小窓を開けて声を掛けた。

「上総介殿、参府ご苦労なことだ。呼び立てて悪いが、儂はお役目で暫し江戸を空けねばならぬ」

「これは――」

声が掛かったので、戸沢正諶が出ようとするが、武元は鷹揚な口調で止める。

「そのままでよい。戻り次第、相談致そう。旅の疲れを癒《いや》してお待ちあれ」

「承知致しました」

「では」

武元が戸を閉めたのを合図に、駕籠者が唸って持ち上げる。その間も瀬兵衛は辺りを見渡し続けている。僅かな時だったが、集中していたため、長く感じた。

ようやく新庄藩の行列とすれ違い終えた時、瀬兵衛は細く息を吐いた。

「篠崎殿、少しお訊きしたい」

暫くして京介が口を開く。

「何でしょう」

「仔細は聞かずともよいと言ったが、守り方にも関わることですので、真実を教えて頂けぬか」

「何かおかしなことでもありましたかな？」

「鉄砲でござる」

京介は、武元本人が何者かの手引きで姿を消そうとしていることは知らない。武元を狙う者がいるとの一報が入ったので、道中奉行配下が駆り出されたと思っていた。ただ命を狙うというならば、この大人数に斬り込んで来ることよりも、鉄砲の狙撃こそ警戒すべき。それなのにその素振りがないことを、京介は訝しんでいる。

「またまた慧眼ですな」

この男に隠し立ては出来ない。瀬兵衛はそう思い、京介の耳元で事の顚末《てんまつ》を手短に囁いた。

「なるほど……腑に落ちました。今日さえ乗り切ればよいのですな。ではもう一つ。篠崎殿は手引きする者に心当たりがあるのでは？」

三百人近い数で乗物を囲んでいるのだ。並の者ならば手も足も出せないはず。それなのに己に油断が一切無いことが気に掛かったらしい。お役目なのだから万全を期すのは当然だが、己の顔の強張りが尋常でないと京介は言う。

「これは……何か根拠がある訳ではないのです。ただ……もし、あの男が手引きをしているならば、一瞬の油断が命取りになると」

「あの男？」

京介は鋭い顎を傾けた。

「くらまし屋をご存じか」

「市井で噂の」

「私は高尾山であの男に出し抜かれました」

瀬兵衛は高尾山での顚末を語った。京介は小さく唸った。

「この数年、その手の者が増え続けている……」

「まさか乾殿も？」

京介の目の奥に憤怒《ふんぬ》の色が見えたので、くらまし屋と邂逅《かいこう》したことがあるのかと考えた。

「いいや、くらまし屋ではありません。三年前、この奥州街道、新田《しんでん》宿でのことです」

「あの鹹《かいらぎ》党の残党を追っていた」

三年前、江戸三大盗賊の一つに数えられていた鹹党の頭《かしら》が死んだ。そのため鹹党は瓦解し、配下の十組はそれぞれ別の行動を取った。

八番組の頭であった男は幕府へ出頭し、知り得る情報を全て吐露した。新田宿に十番組の塒《ねぐら》があるとのことで、京介が配下を率いて向かったのだが、残党の反撃にあい、道中奉行配下三人が殉職するという結果に終わったのである。そして十番組の面々はどこかへと逃げ去った。

「後に調べたところ、あれは鹹党の残党ではなかった。奴らは裏の道で『振《ふるい》』と呼ばれる者に、護衛を頼んでいたのです」

金で雇われる裏の用心棒のことをそのように呼ぶ。京介は下唇を噛みながら続けた。

「あれは尋常な強さではなかった。私の目の前で配下は……」

捕まえようとした京介の配下が三人斬られた。いずれも道場で目録を得るほどの強者。配下が怯《ひる》む中、京介は捕縛を諦め、予め用意させた弓を使うように命じた。残る十数人が矢を番《つが》えたことで、流石に分が悪いと思ったのか、敵は、

――あら、やだ。

と嬲《なぶ》るように妖《あや》しい笑いを残し、身を翻して逃げ去ったという。

「女のような口調に女物の着物、振り乱した髪、長柄の鎌槍……後にそれが、阿久多《あくた》と呼ばれる男だと知りました」

「阿久多……」

「斬られた配下の中には赤子が生まれたばかりの者も……私は必ずあの奇人を捕まえると心に誓ったのです」

「そうだったのですか」

普段は別々に動いており、互いの組に干渉しない。そもそも日ノ本の全ての街道、宿場を管轄にしている道中奉行配下は、各地に派されるばかりで顔を合わすことも稀《まれ》なのである。

「あのような者をのさばらせておく訳にはいきません」

京介は深く息を吸い込み、落ち着いた口調を取り戻した。

「そうですな……」

奥歯に物の挟まったような口調になってしまった。高尾山で確かに己はくらまし屋に出し抜かれた。だが、同時に己や新右衛門の命を救ってくれたのも事実。京介が怨みに思う悪人とは、少し毛色が異なっているように思えた。

京介の横顔を見た。肌が白すぎるからか、冷たい風を受けて頬がやや紅潮している。果たして寒さのせいだけだろうか。そのようなことをぼんやりと考えつつ、瀬兵衛は脚を前に繰り出していく。

## 四

江戸を発った頃はまだ辺りも薄暗かったが、陽は中天に向けてどんどん昇って行く。間もなく巳《み》の下刻（午前十一時）といったところだろうか。

草加宿から一里と少し、間もなく越谷宿という時、またしても物見が駆け戻って来た。億劫そうに顔を歪めていることから、再び他家の行列とかち合ったのだと察した。

「またか」

「はい。ここいらは避けづらいですね」

松平家の家臣の中には、己たちよりも禄の高い者もいよう。だがこちらは微禄とはいえ直臣で向こうは陪臣。言葉の端々から敬意が感じられる。

武元が姿を隠したがっていることは、松平家の家臣たちも薄々は勘付いているのだろう。主《あるじ》を止めるために派された道中奉行配下を有難がってくれており、一つの目標に向けて分け隔ては無くなっている。

「どこだ？」

「岩城左京亮《いわきさきょうのすけ》様の行列です」

「亀田《かめだ》藩か」

先ほどの新庄藩と同じく出羽の大名である。石高は二万石の外様。此度もこちらが道を譲る必要は無い。こちらのやり取りが耳に入ったのか、またしても引き戸が開いて武元が顔を覗かせた。

「岩城家は御家が落ち着かんでな。参府して現状を報告したいと申し出てきている」

岩城家は秋田佐竹《あきたさたけ》家の分家のような性質をもっている。しかしながら当代の岩城隆恭《たかよし》は仙台伊達《せんだいだて》家からの養子。そのことで藩内は二派に分かれて政争を繰り返しているらしい。幕府も二派に分かれて争っており、いつ命を狙われてもおかしくないからこそ、武元を一人にする訳にはいかないのだ。規模こそ違えど、岩城家の状況もよく似ている。

「分かりました。このまま押し通ります」

瀬兵衛が言うと、武元はこくりと頷いて引き戸を閉めた。

暫く行くと、先ほどの新庄藩のように道を譲る藩士たちの姿が目に入った。その数は百人ほど。二万石の大名ならば十分であろう。

頭を垂れる亀田藩士たちの前を横切り、大名駕籠二つがまた並んだ。隘路《あいろ》のため、先ほどよりも乗物同士の距離が近い。岩城の乗物に付き添う恰幅のよい武士が引き戸を少し開けると、中から足が出て来た。これも先ほどと同じである。

——何だ。

瀬兵衛は得体の知れぬ違和感を持った。しかしそれが何か解らない。ただふと胸騒ぎがしたのである。

「無用だ」

新庄藩の戸沢と異なり、岩城とは仲がよろしくないのか、武元は話そうとはしない。違和感を持っていたところに、先ほどと異なる武元の態度。思わず瀬兵衛は口を開いた。

「岩城様、この先も隘路が続きます。何卒お気をつけ下され」

「お気遣いありがとうございます」

乗物の中から声が返って来る。特徴のある高い声である。

「篠崎様‼」

新右衛門が大声を上げて彼方を指差している。

「あれは——」

京介は絶句し、松平家の家臣、他の道中奉行配下も騒然となる。大振りの菅笠《すげがさ》を目深《まぶか》に被った男が、腰の刀に手を掛けたまま、こちらに向かって、田を突っ切って来ているではないか。顔はまだ見えないが、背格好は同じ。瀬兵衛は一瞬のうちに確信した。

「くらまし屋‼」

叫ぶと男は微かに顔を上げた。ちらりと見えた相貌は間違いなく、高尾山で遭遇したくらまし屋だ。まさか白昼堂々、しかも単身で斬り込んで来るとは思ってもみなかった。

「曲者だ！」

「殿をお守りするのだ！」

「取り囲め！」

皆が口々に喚く。松平家の家臣、道中奉行配下だけではない。たまたま居合わせた岩城家の家臣たちも叫びながら、自らの主君の乗った乗物の前に立ち塞がる。

すでに松平家の家臣が抜刀して田に足を踏み入れている。距離を縮めたくらまし屋に向け、一人目が刀を振りかぶった時である。

曇天から漏れる鈍い光を、全て集めたかのような閃光が走った。くらまし屋が抜き放ったのである。

甲高い金音がこだまし、刀が旋回しながら宙を舞った。刀を失って動揺する家臣の鳩尾《みぞおち》に、くらまし屋の肘鉄が突き刺さり、どっと田に沈んだ。二人目の袈裟《けさ》斬りを難なく躱《かわ》すと、くらまし屋は鐺《こじり》で額を撃ち抜く。さらに三人目の脛《すね》を旋回させた刀で襲った。手許が狂ったのか。いや刀に脂が巻くことを嫌ったのだろう。三人目は悲鳴を上げて悶絶しているが、足は切断されていない。

「道中役、迎え撃つぞ！」

京介が配下に向けて指示を飛ばすが、瀬兵衛は間を空けずに止めた。

「駄目だ。突破される」

何しろ尋常な強さではない。四、五、六と童が隠れ鬼で数を数えるような早さで、味方は瞬く間に倒されていく。

京介と視線が合い、どちらともなく互いに頷いた。考えていることは同じだ。

「くらまし屋ぁ！」

咆哮《ほうこう》が響き渡る。刀を正眼に構えながら、一歩踏み出したのは新右衛門である。高尾山では敵に昏倒させられたが、途中から目を覚ましており、くらまし屋の姿を見ていたと後に知った。

「高尾山の小僧か……」

くらまし屋の視線がそちらに向いた一瞬の隙に、瀬兵衛は鋭く叫んだ。

「乗物を逃がせ！」

目の前の有り得ぬ光景に啞然《あぜん》としていた駕籠者だが、我に返って乗物を持ち上げる。

「急げ！」

京介がさらに急《せ》き立て、乗物は越谷宿の方へと向けて発進した。

「ここは道中奉行配下が食い止める！　新手に備えて家中の方も向かって下され！

亀田藩の方々も早く！」

続けて瀬兵衛が指示を飛ばし、松平家の家臣たちも戦いを止めて乗物を追った。亀田藩は何が何だか判らないだろう。ただ主君を逃がさなければならないのは同じで、乗物を持ち上げると纏《まと》まって草加宿に向けて勢いよく走り出した。

「曲者、大人しく縛につけ」

京介もすらりと刀を抜き放ち、歯を食い縛って睨みつけた。瀬兵衛が目で指示を出すと、道中奉行配下四十四人はくらまし屋を遠巻きに取り囲むように散開する。

「篠崎瀬兵衛……」

くらまし屋に名を呼ばれ、ぎょっとした。

「名を知っているのか」

今は少しでも乗物を遠くに逃がすため、時を稼がねばならない。そのために会話で引き延ばそうと問い返した。

「ああ」

「頼まれたか」

老中に、とは言えない。配下は武元が自ら姿を消したがっていることを知らないのだ。くらまし屋が答えないので、瀬兵衛は間を恐れてさらに問うた。

「今一度訊く。誰に頼まれた」

くらまし屋の依頼主は武元ではなく、政敵なのかもしれない。そうだとすればただ命を取らんとしていることになる。

「愚問だな」

答える訳がないことは判っている。それでも少しでも引き延ばしたい。京介や配下の者たちも心得ており、刃を中央に向けて動かずにいた。

くらまし屋に隙は見られない。全員でかかれば捕らえられるかもしれないが、こちらも相当の被害を覚悟せねばならないだろう。

「何故、お前はこのようなことを……」

さらに引き延ばそうとした瀬兵衛だが、途中で言葉を呑み込んだ。やはり何かがおかしい。くらまし屋が百戦錬磨であることは、市井の噂からしても間違いない。このような引き延ばしに簡単に乗るだろうか。瀬兵衛の頭が目まぐるしく回転した。

――時を稼いでいるのは、くらまし屋……。

そのことが過った時、瀬兵衛は配下に向けて大声で叫んだ。

「新右衛門！　乗物を追え！」

「え……」

新右衛門は眉を顰めた。くらまし屋は陽動。大多数で乗物を襲撃するのではないかと考えたのだ。

「急ぐの――」

言い掛けた時、武元の乗物が逃げていったほうから、松平家の家臣たちが戻って来るのが見えた。いずれも騎乗の者たちである。その中に乗物は見当たらない。

「篠崎殿！　殿が！」

奪われた。あるいは殺された。そのどちらかであろうと瀬兵衛は奥歯を嚙みしめる。

「遅かったか……」

「乗物に乗っておられないのです‼」

「何……」

乗っていないとはどういうことか。言われていることの意味が解らない。

「中には大きな石が一つだけ……妖《あやかし》の仕業では――」

「そんな馬鹿なことがあるか！」

瀬兵衛に代わって京介が叱責した時、低い呻《うめ》き声が上がった。突如くらまし屋が動き、道中奉行配下の一人の腹に拳を当てたのである。さらにもう一人に旋風のような足払いを掛けて転ばせ、囲みを破って元来た方向へと逃げ出したのである。

「追うぞ！」

新右衛門が手を回しながら駆け出し、数人の道中奉行配下がそれに続こうとする。

「待て、新右衛門！」

「しかし――」

「深追いするな！　勝てる相手か！」

瀬兵衛の必死の剣幕に、新右衛門らは足を止める。それに何より、まずは武元を見つけることのほうが優先である。状況から鑑みるに、くらまし屋は陽動でその隙に武元を奪ったと見て間違いない。どこに消えたというのだ。

「乗物の中から老中が出たところを見た者は⁉」

　松平家の家臣たちは、一様に顔を青くして首を横に振る。乗物の中身は石であった。重さで気付かれぬように乗せたということ。つまり己が乗物を退避させようとした時、すでに中身は入れ替わっていたことになる。

「篠崎殿、あれだ」

　京介が草加宿の方角へ向け、首を荒々しく振った。己も同じことを考えた。

「亀田藩だな」

「そんな馬鹿な……岩城様が」

　松平家の家臣の一人が疑いの声を上げる。大名が老中の誘拐に関わっていると思っているらしい。

「違う。あれは偽の行列ではないか」

「あの人数がですか⁉」

　新右衛門は今来た道を指差す。すでに亀田藩、いや偽の行列の姿は見えない。

「やりかねん」

　こちらを欺《あざむ》くために高尾山の裏側から偽の道を作った男である。参勤交代の人数を揃えるのはどこも苦労しており、真の大名でも期間限定で行列のためだけの中間《ちゅうげん》を雇っている。十分あり得ることである。

「しかし、御老中は乗物を降りていませんでしたよ」

「乗物……もしやあの亀田藩の乗物に転がり込んだのではないか」

京介の推理に皆があっと声を上げた。確かに隘路だったこともあり、置かれた二丁の乗物の間は二尺強しかなかった。あれでは乗物と乗物の間に人が入ることもままならない。実際に二丁の乗物を取り囲むように守りに当たっていた。突然の襲撃である。皆の視線がくらまし屋に注がれていた。その隙に転がり込んだのではないかというのだ。

「いや、ありえませんよ！　あの乗物に二人乗れば気付くはずです。それにどこから石を……」

新右衛門の言う通りであろう。挨拶の時に足が出て、瀬兵衛の問い掛けにも答えた。偽物だとしても乗物には誰かが乗っていたのは確か。詰めれば乗れるかもしれぬが、あの狭さでは必ず手間取る。そうなれば流石に気付く者も出て来るはず。

——何か見落としていないか。

乗物が並んで挨拶を交わした時、何か違和感を持ったのだ。その時の光景をゆっくりと頭の中で再現する。

「耳……あの肥えた男……では足は……そういうことか」

全てのことが頭の中で繋がり、疑問は一気に晴れた。瀬兵衛は慌てて松平家の家臣に言った。

「馬を貸して下され！　御老中を追いかける！」

「解ったのですか⁉」

新右衛門が吃驚《びっくり》した声を上げた。

「やはりあの乗物だ。もう降りて馬に乗り換えたかもしれぬ」

鐙《あぶみ》に足を掛けると、瀬兵衛は身を舞わせて馬に跨《また》がった。

「向かいながら聞きましょう」

京介も片手で拝むように衆を分けて馬に近づく。

「乾殿……」

「通常、同心しか騎乗は許されていません」

京介の言う通りである。故に馬の扱いが上手いのも同心だけになる。京介も馬を借りると颯爽と跨った。

「必ず連れて戻る。お主は家中の方々と越谷宿で待て」

瀬兵衛は馬上から新右衛門に命じると、鐙を鳴らして草加宿に向けて馬を駆った。

京介も手綱を巧みに操ってすぐ後ろまで馬を寄せる。

「助太刀、感謝致す」

瀬兵衛は前を見据えたまま言った。

「お役目です。当てはあるので？」

すでに武元は乗物から降り、行列は草加宿で解散させられているのではないか。そそこからの足取りが分からなければ、どの方向に追えばいいかも分からない。

「田沼様が……」

実は最後の打ち合わせの時、田沼よりある助言を与えられていた。

――万が一の時は、葛飾八幡宮の方へ向かえ。

武元はそちらへ向かうはずだという。細かい場所も事情も教えられていない。武元が向かうであろう先には、当日も見張りを用意はしておくと言っていた。

「なるほど……しかし御老中はいかにして乗物に。二人乗れば気付くという猪原の言い分はもっとものはず」

「亀田藩を装ったあの乗物。誰も乗っていません」

「そんな馬鹿な……」

京介が絶句する。乗物からは確かに足が出て、瀬兵衛の問い掛けにも応答があった。

田園の中を二騎が疾駆する。大きくうねる道を抜けると、日光街道を取って返している形だ。草加宿を抜ければ次は千住宿だが、そこには向かわない。田沼の言うように目的地が葛飾ならば、南東に真っすぐ突っ切るほうが早い。

「私はこう考えます」

頭の中を今一度整理したため、時を要した。瀬兵衛は手綱を操りながら、背後にぴたりとつける京介に語り始めた。

## 五

行列は草加宿に駆け込んだ。

砂埃を舞い上げ、まるで戦でも始まったのかと勘違いするほどの慌ただしさに、宿場町の人々も何事かと目を丸くする。一人が真っ先に宿役人の元に走り、

「我らは出羽亀田藩の者、この先で襲われました！　老中松平武元様の行列も巻き込まれています！」

と、悲痛な叫びをあげた。何故岩城家は共に戦わないと咎められることも考え、言い訳も用意していた。しかし宿役人はそれどころではないと考えたか、刺股《さすまた》や槍をもってすぐに応援に向かって行く。

「馬鹿でえ」

宿場に一人も残さず、全員で駆けていく宿役人の背を見ながら呟いた。赤也《あかや》である。

「ここまでご苦労であった」

赤也は行列の面々に向けて宣言した。その口調は武士のもの。装いも同様である。

草加宿に辿り着くまでという約束で雇っていた百人の男たち。手配したのはこの件を持ち込んだ坊次郎《ぼうじろう》だった。彼らは裏稼業の者ではない。表の口入れ屋として集めた堅気の連中で、ただ行列の数合わせとしか聞かされていない。途中で襲撃を受けたことも予想外で、皆が安堵《あんど》の表情を浮かべている。

「乗物は……」

乗物を担ぐ役割だった者が尋ねる。すでに乗物の「中身」は予め借りていた旅籠《はたご》に入ったのだろう。すでにもう用を成さない代物である。

「ここから殿は別の乗物に乗り換えられる。江戸まで運んで売り払うがよい」

駕籠舁きたちが感嘆の声を漏らす。作りこそ立派を装っているが、漆《うるし》も薄くしか塗っていない安物の乗物。二束三文であろうが、それでも金に換えられるならば有難いだろう。

「では、各々達者でな。御免」

赤也は菅笠を深くして、打ち合わせた旅籠に向かった。

奥の一室、声を掛けて襖を開く。

「支度は整ったかい？」

「ええ、もう行ける」

部屋の中には三人。その内の一人、七瀬《ななせ》が答えた。

「大して変わんねえな」

「軽口に付き合っている暇ないの。早くあんたも着替えなさい」

七瀬はきつく言い返した。今は町人の女の装いに戻っているが、行列に加わっていた時は、前髪のある若い小姓を装っていたのである。

赤也は紋付き袴《はかま》を脱ぎ、手代の衣装に着替え始めながら言った。

「よく似合っているな」

「急いでくれ」

「へいへい」

三人の内に己が着替えるのと同じ、手代風の恰好をしている者がもう一人。今回、依頼人と坊次郎を繋いだ男。御庭番の曽和《そわ》一鉄《いってつ》である。晦ませる条件の中に、この一鉄の帯同も含まれている。お役目柄、色々な身分の者に化けることもあるのだろう。一鉄は違和感なく着こなしている。

一気に手を動かして帯を締めあげた。元役者である己にとって、早着替えも特技の一つである。

「よし、これでいい……じゃあ、行きましょうか。旦那様」

「頼む」

三人の内、最後の一人。老中松平武元である。すでに町人の装いに改めている。こうして見ると不思議なもので、商家の旦那風のようにしか見えない。人が肩書や衣服によって相手が何者かと判断している証左であろう。

四人で連れ立って旅籠を出ると、草加宿を後にした。向かう先は江戸川の今井《いまい》の渡し。対岸は行徳《ぎようとく》と呼ばれている地で、日本橋から葛飾に向かうにはここを通るのが最短である。武元の娘、お元《ちか》の輿入れもここを通ると事前に聞き込んでいる。花嫁行列はそろそろ日本橋を発つ予定で、今から向かえば、丁度今井の渡しで見ることが出来るように計っていた。

一行は商家の旦那とその妻、手代が二人で親戚の法要の帰りだということにしている。ここからは休みも挟まずに進む予定だ。

「上手くいったな」

足早に歩きながら赤也は鼻を鳴らした。今頃、行列に加わっていた者たちは、躍起になって武元のことを捜していることだろう。

「向こうは心配ないかしら」

七瀬は草加宿のほうを振り返った。

「化物のような強さだぜ？」

「でも、今回はいつもと違うから」

流石に武元の前で、斬るや殺すなどという言葉は憚られたらしい。今回の依頼においては武元から、

――命を奪うな。

と、頼まれている。殺しは当然、大怪我を負わすことも避けて欲しいとのこと。相手の動きを止める程度のことはせざるを得ないと言ってあるが、それであの数を捌《さば》くのは相当難しい。平九郎《へいくろう》もそれは心得ているはずで、注意を引いたら機を見て逃げる段取りになっている。

「それにしても、予定の場所でぴたりと来たな。その前に新庄藩の行列が来たが、違うと判ったのは有難かった」

他の大名行列に出くわすことも考えていた。その場合、武元が勘違いしてしまう恐れもある。そこで、草加宿からの一里塚を越えた隘路で接触すると、事前に決めてい

たのである。

「近くに潜んで待っていましたので。行列の進みに滞《とどこお》りないことが確かめられれば、さして難しくもありません」

七瀬は静かな口調で説明してみせた。急遽《きゅうきょ》の遅延などがあった場合、武元を目的地に連れて行くのに間に合わないことになり、根本から策を変えねばならない。行列が草加宿を抜けるまではどうしても確かめたかった。

「ずっと尾けていたのか……よく怪しまれなかったな」

「飛脚です。何人もすれ違ったはず」

飛脚ならば怪しまれずに大名行列の側を走り抜けられる。だが、流石に変装の名人である己でも、躰に備わった脚力だけは真似出来ない。偽物を仕立てたとして、見抜かれては元も子も無い。そこで七瀬は、

――本物の飛脚に手伝って貰いましょう。

と、平九郎に提案した。お春《はる》を助けてくれた恩人である風太《ふうた》に力添えを頼んだのである。風太は盗賊の鬼灯組から足を洗い、今は飛脚として生き直している。風太は仲間にはあくまで裏の仕事とは隠し、ただ草加宿の先に文を運ぶだけと説明した。その時に松平家の行列がいたかも見ておくように頼んだのである。

「飛脚が多いと確かにぼやいておったわ」

舌を巻いた武元を、一鉄は足から頭までなぞるように見た。

「お怪我はございませんか？」

「慌てていたので、ちと擦りむいただけだ」

武元は手首を見せる。手当てをしようと言い出す一鉄に対し、大した傷ではないと笑って手を振った。平九郎が皆の視線を集めている間、乗物から乗物へ武元は転がり込んだのである。

「空の乗物と聞いていたから、足が出たのには驚いた」

武元は眉を上げて驚きの表情になった。刺客が現れたように見せかけ、皆が動揺している間に、空の乗物に移るというのは打ち合わせしていたが、それ以上のことは武元にも伝えていなかった。

「子ども騙しでもよかったでしょう？　重くて肩が凝っちまった」

赤也は肩に手を回しつつ口元を綻ばせる。

「まさかあんなものを作るとはな」

乗物から突き出た足の正体。それは腿までを再現した木彫りの足に棒を取り付けたものなのである。それに袴や足袋を付ければ人の足と見分けが付かない。赤也が引き戸を開けるのに合わせて、乗物の中で棒が押されてにゅっと偽の足が出る絡繰りになっていた。

しかし、いくら慌てているといえども、武元が降りてしまえば重さで気付かれるかもしれない。赤也は腹に大きな石を仕込み、武元と入れ換えに放り入れた。それを隠すため、肥えた男に扮していたのである。

「どこが子ども騙しよ。上手くいったじゃない」

全ての策を立てた七瀬が、目を細めて睨みつける。

「いや危なかっただろう？」

己たちが最も警戒していた篠崎瀬兵衛。奴は何か違和感を持ったらしく、乗物の中に声を掛けて来た。一道中同心が大名に声を掛けるなど、異例中の異例で予想をしていなかった。

「あれは……助かったけど」

「確かに。あれは誰だったのだ？」

武元が首を捻ると、一鉄が顎でこちらを差した。一鉄も徒士《かち》の振りをして近くに侍っていた。この御庭番はどうやら気付いていたようである。

「俺ですよ」

赤也は己の鼻にちょんと指を添えた。

声を掛けられたが、乗物には誰も乗っていないのだから当然応対出来ない。そこで赤也は咄嗟《とっさ》に機転を利かした。自らが乗物の中の大名の振りをして喋《しゃべ》ったのである。

「そのようなもの、すぐに露見するだろう」

武元はなおも怪訝そうに眉を顰めた。

「こんな感じでね。いかがです？」

唇を一切動かさず、先ほど居合わせた者たちを欺《あざむ》いた声を発する。所謂《いわゆる》、腹話術というものだ。以前、旅芸人の一座がやっているのを見て、見様見真似で始めたところ半年も経たずして出来るようになった。幾千、幾万通りもある声真似に比べれば簡単なものである。

「何と……くらまし屋は良い配下を持っている」

武元は驚きのあまり口元が緩んでしまっている。赤也は首を横に振った。

「俺たちは一人一人が、そして三人でくらまし屋でさ。誰かさんが失敗しても、穴を埋めなくちゃね」

「なるほど」

七瀬は肘で赤也の脇腹を小突き、そっぽを向いた。失敗という訳ではない。七瀬の策がなければここまでも来られなかった。ただ想像以上に篠崎が鋭かっただけである。

「徒歩《かち》では間に合わんぞ。どうする」

一鉄が尋ねて来た。ここからの道程も、武元や一鉄には伝えていない。赤也が宙に手を滑らせると、七瀬が口を開く。

「草加宿から南西に一里。ここに馬を二頭用意しています。それに乗って六木《むつぎ》へ。そこからは舟で綾瀬川《あやせがわ》を下り、一之江《いちのえ》へ。降りて半里足らず歩いて今井の渡しへ向かいます」

決して余裕がある訳では無いが、これならば間に合う計算である。実際は馬は三頭用意してあり、平九郎もこれを使って逃げる段取りになっていた。武元は安堵したようだが、一鉄は納得していない。

「俺は御老中から離れる訳にはいかぬ。その男が、馬に乗れるのか?」

武元も馬術は心得ている。しかし一頭に二人ずつ乗るのならば、一鉄は武元を乗せるつもりだ。故に赤也に馬に乗れるのかと訊いたのだ。一鉄がそう言いだすのはこちらも想定の内である。

「俺は乗れねえよ」

赤也は手をひらりと舞わした。

「では――」

「私が手綱を握るもの」

「な……」

「あんたより私の方が上手かったりして」

七瀬は悪戯っぽい笑みを一鉄に投げかけた。七瀬の馬術は、そんじょそこらの武士にも負けていない。

「随分なお転婆だ」

武元は呵々《かか》と楽しげに笑った。

「よく言われます」

「む……」

武元は唐突に顔を顰め、七瀬の顔を覗き込む。七瀬は、苦い表情になって顔を逸らした。

「やはり。間違いない……お主、豆州《ずしゅう》の娘ではないか⁉」

「豆州？　人違いでしょう」

「いや、間違いない。覚えておらんか。牛久《うしく》の干拓を見分しに行った時に馬ですぐ近くを駆け抜け、豆州が青い顔で叱責していた。お主を追う家臣たちの慌てた様子……

今思い出しても笑えて来る」

赤也は額に手を当てて溜息をついた。

「おいおい、知り合いかよ」

「馬鹿。あんたが認めなければ、ごまかせたわよ」

当初からこの案件に、七瀬があまり乗り気でなかったのはそういう事情らしい。武元が言う干拓の見分の時の一度だけしか顔を見られていないので、何とかなると踏んでいたが、見事に見破られたことになる。

「やはりな。あの時、豆州はお転婆をお許し下さいと土下座しようとし、儂は止めたのだ。今思い出した」

「過日はご無礼を」

七瀬は短く会釈をした。

「だがお主……三年前に確か死んだはずではないか。届けを見て、若くてあれほど達者であったのにと、胸を痛めたのも覚えている」

「そのようになっております」

「なるほど……お主も姿を晦ましたのだな」

「御老中、もし父上に――」

「よい。告げもせぬし、咎めもせぬ。お主の考えた末なのだろう」

「ありがとうございます」

「それにしても……くらまし屋の一人が豆州の娘か。恐れ入った。一鉄は知っていたか？」

御庭番は大名家の内偵も務めている。一鉄は頭を小刻みに横に振った。

「いえ。豆州とは、牛久藩主、山口伊豆守《やまぐちいずのかみ》様でございますな」

名を山口弘豊《ひろとよ》と謂う。常陸《ひたち》牛久藩一万石の四代藩主で官位は伊豆守。元禄《げんろく》十一年（一六九八年）に家督を継ぎ、享保《きょうほう》十年（一七二五年）からは牛久沼干拓を行って田畑を増やした。表高は一万石であるが、実質は二万五千石にも迫るほど財政は豊かであるという。武元はこの干拓の手腕に興味を持ち、見分に牛久を訪れたのである。

「御庭番の目も欺くとは流石だ。一鉄、他言は無用ぞ」

「は……承《うけたまわ》りました」

「お転婆殿、牛久は恋しくないのか？」

武元は優しげな眼差《まなざ》しで七瀬に尋ねた。

「覚悟の上ですので」

「そうか。それに比べれば、儂は覚悟が足りなかったのだろうな」

武元は感慨深く言うと、今にも降り出しそうな哀しげな空を見上げた。

渺々《びょうびょう》たる曇天に吸いこまれるように木枯らしが吹き抜ける。赤也は己を抱きかかえるようにしながら、白い息をほうと浮かべた。目の端に映る七瀬も、武元同様、どこか寂しそうだったのである。こんな時は見ないふりをしてやるに限る。赤也はそう考えて、また息をゆっくりと宙に溶かした。

# 第五章　母の白無垢

## 一

——御庭番は松平武元《まつだいらたけちか》様に従う。

曽和《そわ》一鉄《いってつ》はこの数カ月で心に決めた。

崇敬する吉宗《よしむね》が目を掛けていたからだけではない。武元の人柄と己たちへの想いに触れて決心したのだ。

吉宗の死後、武元が御庭番を駆使しないことで、一鉄は疎《うと》まれているものと思っていた。そのことを武元に改めてぶつけると、

「お主らを幕府内の争いに巻き込みたくなかった」

武元はそう本心を吐露してくれた。

どんな争いも、最後には勝者と敗者に分かれる。いずれ、今の幕府内の政争にも決着がつく。その時、敗者についていた者は失脚、左遷の憂き目に遭う。裏を返せばそ

れだけで済むのである。

だが、御庭番は違う。そもそも吉宗の時代に設けられた新しい職。敗れる側についた時には、役職そのものが取り潰されるだろう。いや、もっと過酷なことが待っているかもしれない。御庭番は、政争の中で恐らく〝知り過ぎた存在〟になる。そんな時、勝者は果たして己たちを生かしておくだろうか。きっと道具のように捨てられてしまうだろう。

「人は道具ではないのだ」

遠くを見つめる武元の一言に、一鉄は衝撃を受けた。かつて同じ言葉を言われた経験があったのだ。

今回は己の一世一代の我が儘《まま》。あくまで公のことでなく私事。武元は万策尽きて、初めて御庭番に頼ったと話してくれた。

「御老中が勝てば、我らはいかになります」

思い切って一鉄は訊《き》いた。すると武元は、

「庭掃除だけに明け暮れて貰《もら》おう」

と、不敵な笑みを見せたのである。その言葉に真を感じたと同時に、一鉄はその笑顔で心を鷲摑《わしづか》みにされたのである。この我が儘を果たせば、武元は命を懸けて酒井《さかい》との争いに臨むと言った。権力のためではない。

「酒井殿は何か途方も無いことを考えている。この国を揺るがす何かだ」

それが何か武元も全て見抜いている訳ではない。ただ抜け荷に関与していることは確かであるらしい。他にも武元は江戸やその近郊で、多くの女子どもが失踪している事件にも、酒井が関わっているのではないかと見ている。御庭番も、酒井が怪しいのではないかと探っていた。このことで一鉄はより心を固めたのである。

「間もなく一里だ」

一鉄が低く言うと、七瀬《ななせ》は眉《まゆ》を開いた。

「よく解ったわね」

「御庭番なら皆が出来ることだ」

御庭番になるとまず歩幅を操る訓練を積む。一尺半、二尺、二尺半と大きくは三つ。この歩幅を躰《からだ》に叩《たた》き込み、化ける者が老人ならば、一尺半、駆け足の時は二尺半など使い分けるのだ。これで大名の領内などを歩いて回り、距離を測るのである。

「この少し先に百姓家があって、そこに預けているわ」

「解った――」

言うや否《いな》や、一鉄は蛙《かえる》の如く地に伏せた。一体何事かと皆が顔色を変える。

「どうした⁉」

「静かに」

一鉄は鋭く息を吐いて、耳朶を地に添わせた。

「追手だ。馬を用いてる……二騎」

徒歩ではこんなに早く気付かない。馬だからこそ解ったとも言える。

「えっ……もう気付かれたのか！」

赤也《あかや》が驚きの声を上げた。

「あり得ない。私たちが逃げた方角も分からないのに」

七瀬は首を激しく振る。

「田沼《たぬま》が教えたのかもしれぬ」

「あり得ます。近い……間もなく姿が見えます」

道が大きく曲がっているため竹林に視界が遮られている。言ってすぐに、豆粒のような大きさで馬が二頭走って来るのが目に飛び込んで来た。

「あれは道中奉行配下か⁉」

手庇《てびさし》をしながら赤也が問う。一鉄は素早く身を起こして凝視した。御庭番の中でも己はずば抜けて目が良い。この生まれ持った特技で頭《かしら》にまでなったと言える。

馬にはそれぞれ一人。一人は派手な着物を纏《まと》っているので女かと思ったが、胴の長さからして身丈は五尺八寸（約一七四センチ）ほどあろう。そのような女は滅多にいない。そもそもあんな風体の者は行列の中にいなかった。肩には槍のようなものを担ぎ、片手で手綱を操っているのだ。人目は無いとは言え、白昼に長物を持ち出すなど、この泰平の世にあり得ぬことである。

「敵だ。逃げろ！」

一鉄が叫ぶと同時に、皆が一斉に駆け出す。その殿《しんがり》を走りながら一鉄は耳朶に神経を集中させた。

（あら、気付かれたわ）

（お前の物騒な得物のせいだ。急ぐぞ）

蹄《ひづめ》の音に混じって声が聞こえる。女のような話し方だが、声色は男。会話の内容からして武元を狙う刺客と見て間違いない。

蹄の音がさらに近づいて来る。一鉄は懐《ふところ》に手を捻じ込み、振り返りざまに腕を振った。畳針に似た手裏剣の類《たぐい》、銑鋧《せんけん》を投げ打ったのである。

「なっ――」

煌《きら》めきながら向かった銑鋧だが、男は槍の柄を引き寄せて弾いた。一鉄が吃驚《びっくり》したのはそれだけでない。今一人の男の顔に見覚えがあったのだ。七カ月前、自身が勤めていた牢屋敷を襲撃して失踪した男である。

「初谷男吏《はつがやだんり》……虚《うつろ》か！」

男吏が苦々しく舌打ちするのが解った。今一本、銑鋧を男吏に向けて放つ。聞き込みをした中で、男吏が武芸に長《た》けているという話は聞いていない。捉えるかと思ったのも束の間、雷撃の如く槍が伸びて金音が虚しく響く。女のような男は相当な達人と見た。そこまで考えた時、記憶の中からある男の名が過《よぎ》った。

「くそっ……鉄漿阿久多《おはぐろあくた》かよ」

思わず地金の言葉が零れる。武元らは懸命に駆けているが、このままだと確実に追いつかれる。くらまし屋の中で達人は、陽動に向かったあの男だけ。今井《いまい》の渡しで合流することになっている。残る男女の二人が強くないことは、足取りや所作からとっくに見抜いている。

「先に逃げろ。俺が食い止める」

「でも――」

智謀で切れ者の道中奉行配下も煙に巻いた女だが、この事態は想定の外であったらしく流石《さすが》に動揺している。

「心配無用だ。御老中を頼む。害を為せば貴様らを必ず殺す」

くらまし屋を信用しきってよいものか、未だ一鉄は解らない。ただ虚よりましなのは確か。これしか方法は無い。女が頷いたのを見届け、一鉄は足を緩めた。

馬脚が地を叩く音がさらに近づく中、ゆっくりと振り返った。

「てめえら、死にてえらしいな」

一鉄は背に仕込んだ小太刀を鞘《さや》ごと抜きながら凄《すご》んだ。

元々、己は武士と言うのも憚《はばか》られる江戸詰めの貧乏足軽の子だった。武士身分からは侮られ、遊んでいたのは近所の大工や職人の倅《せがれ》ばかり。感情が昂るとこのように口汚くなる。

十歳の時に父が、翌年に母が相次いで亡くなり、一鉄は、元服して出仕が許されるまでの間、家禄を半分に減らされたうえ、組頭のもとで暮らさねばならなくなった。肩身狭く、息を殺すようにして過ごしていた己を、ひょんなことから召し上げてくれたのが前の藩主であり、将軍となっていた吉宗だったのだ。

御庭番即ち忍び。忍びなのに己は心の中の熱が強すぎる。情の深い町人との付き合いが長かったせいか、絆を求めすぎるところもあった、それが弱点になり得ることを知っている。一鉄は必死で鍛錬に励み、吉宗の、

——良き道具。

になろうと努めた。だが、それは後に誤りだったと知った。

——人は道具にはなれぬからな。なる必要もない。

そう吉宗が言ってくれたからである。

お役目で仲間を救おうとして死にかけたこともあった。それでも己は信念を曲げなかった。

——まことお主は一徹者よ。

吉宗はそう笑って一鉄の名を与えてくれた。御庭番の頭に取り立てられたのも、そのすぐ後のことである。

高尾山で死んだ網谷《あみや》などはそこを軽蔑していたようで、隙あらば頭の地位を窺《うかが》う油断のならぬ男だった。それでも己の配下であることに変わりはない。己が守るべきだったと今も後悔している。

「網谷、仇を討ってやるよ……」

一鉄は目の高さに上げた小太刀越しに、迫りくる二人の凶賊を睨《にら》みつけた。

「恐らく御庭番だ」

「解っていますとも」

馬との距離はあと十間。小太刀の鞘を勢いよく払う。馬が激しく嘶《いなな》いて棹立《さおだ》ちになった。二頭同時である。男吏は真っ先に投げ出され、阿久多も必死に手綱を引いたが、諦めて飛び降りた。

「銑鋧……やってくれるじゃない」

阿久多は首を振って長い髪を後ろに撥《は》ね上げた。

まともに放っても止められる。故に小太刀に注目させ、鞘から抜くと同時に指に隠し挟んだ二本の銑鋧を撃ったのだ。馬さえ射止めれば時を稼げる。

「誰の差し金だ」

「さあ……？　初谷様、下がって。怪我をしては大変」

阿久多の得物は鎌槍と呼ばれるものに類する。横に飛び出た部分が並のものより長く、槍というよりもどちらかというと鎌に近い。

「答える訳ねえわな！」

再び懐から銑鋧を取って放つ。残るは一本。潜入の時なら銅乱《どうらん》と呼ぶ革袋を腰につけており、もっと多くの暗器を用意している。しかし今は商人の恰好をしており、虎の子の銑鋧である。

阿久多は首を振って躱《かわ》す。銑鋧の遠い間合い、小太刀の近い間合いは己が有利。中間の鎌槍の間合いは避けるべき。銑鋧は目眩《くら》ましである。

一鉄は小太刀を逆手に持ち直すと、地を蹴って一気に間合いを詰めた。鎌槍が旋回して首元を襲う。脱力して身を低くして潜りぬけ、息もつかせぬように連撃を打ち込んだ。

「鉄漿阿久多。年貢の納め時だ」

「あら、ばれてる」

阿久多は柄を小刻みに動かして受け止める。悠長な口振りだが、余裕が無いのは確か。その証左に阿久多の頬は引き攣《つ》っている。一鉄は空いた首を目掛けて小太刀を振り抜いた。

「くたばれ！」

「隠密の割に暑苦しい男――」

鋒《きつさき》が首に触れる。あと半寸深ければ仕留めていた。皮一枚を切り裂いただけ。だが、一鉄はこれで討てるとは思っていなかった。小太刀を振り抜いた勢いそのままに、阿久多の脇を駆け抜け、背後で戦いを見守る男吏へと真っすぐ向かって行く。

「初谷様！」

背を射貫《いぬ》かんと鎌槍を旋回させる阿久多に向け、左手で最後の銑鋧を撃った。阿久多はまたもや槍で弾くが、この一瞬でも止められればそれでよい。その間に男吏を狩る。五間を切った時、男吏が竹筒を口に当てた。最後を悟って酒でも味わおうというのか。

「公儀に仇なす賊ばらめ。死ね」

距離はすでに一間。一鉄が小太刀を振りかぶった時、男吏は口に含んだ水を霧状に吐きかけた。

「なっ——」

目に激痛が走り、次にそれが鼻孔へと駆け抜ける。口内にも異様な味が広がった。一鉄は横っ飛びで離れて一度距離を取った。

——毒か。

即死するほどのものならば、男吏も口に含んだ時点で絶命しているはず。目を袖で拭って見開く。霞《かす》みはするものの見える。失明させる毒ならば目を開けることも出来ないだろう。そこまで考えた時、背筋に悪寒が走り、ずんと重しを担ったように躰が重くなるのを感じた。手に痺《しび》れが走り、何とか小太刀を摑んでいるという有様。足も枷《かせ》を嵌《は》めたかのように鈍い。

「く……そ……」

舌が喉に向けて反り返り、言葉も上手く出て来ない。痺れ薬の類である。

男吏は先ほどとは別の茶色い竹筒を口に添えた。そして口を漱《ゆす》いで吐き捨てた。こちらは水とみてよい。

「すぐに効くだろう」

「何だ……これは」

「金雀枝《えにしだ》、万年青《おもと》、南天、曼荼羅華《まんだらげ》、当帰《とうき》、白芷《びゃくし》、他にも少々。それを煮詰めたものよ」

本草《ほんぞう》に詳しい訳ではないが、毒になると聞いたことのあるものばかりである。男吏は眉《まゆ》一つ動かさずに続けた。

「生きのよい者を黙らせるために調合したものだ。躰の動きを奪うが……痛みは残る」

男吏の拷問の腕は有名で、そのことから「拷鬼《ごうき》」の異名を取っている。戦いは素人《しろうと》と聞いていたため、先に仕留めようと思ったが、このような毒を用いるとは侮った。

「まさか初谷様がやるなんて。惣一郎《そういちろう》がここにいたら、きっと大喜びだわ」

「黙れ」

榊《さかき》惣一郎。これも高尾山を襲った虚の一人。間違いなくこやつらは虚だ。武元を攫って身の代を得ようとしたという線もあるが、今の状況に鑑みると政敵が依頼したのだろう。一鉄はぼやけた視界に映る男吏、阿久多と距離を取りつつ、覚束ない脚を叱咤して後ずさりした。息が切れる。意識が朦朧《もうろう》とするなか、小太刀を構えた。

「まだやるの？」

阿久多が猫なで声で言いながら、妖《あや》しく嗤《わら》って歩いて来る。まだ時を十分に稼げたとはいえないが、通常の隠密ならば己の身を守るために遁走《とんそう》する頃合いだろう。

「俺は一徹者なんだよ」

一鉄は最後の力を振り絞って阿久多へと突貫した。足が鈍い、腕が重い。小太刀は宙を斬り、阿久多は嗤う。鎌の一撃を何とか受け止めたものの、吹き飛ばされて一鉄は転がり、仰向きに倒れた。

「阿久多、時が無い。嬲《なぶ》るな」

「残念」

耳も遠い。遥か彼方で話しているかのように茫洋として聞こえる。

頬に冷たいものを感じた。雪が降り始めたのだ。濁る景色を粉雪が舞っている。まるで己が天に吸い込まれていくような感覚に襲われた。

――吉宗様……。

雪の舞う冬であった。薄っすらと積もる雪の上に跪《ひざまず》く己に吉宗は、

「寒かろう。今日くらいは横に座れ」

と、優しく声を掛けてくれた。何度断っても引かず、挙句の果てには、

「余の命《めい》が聞けぬのか」

そう笑って仰《おっしゃ》って無理やり縁に座らせた。

思えば紀州藩士は、吉宗が将軍になったことで人生が一変した。

吉宗が将軍になる時、一部の家臣を引き連れて直臣とした。己のように後から召し出された者もいる。あの田沼も元は足軽の子。それが今や将来の幕閣たらん日の出の勢いで出世を重ねている。己も田沼とは比ぶべくもないが一応は幕臣である。

きっと田沼は絶望したのではないか。幕府の中枢を担っている者の散々の体たらくに。だから誰より幕臣たらんと職務に励んだ。少なくとも己はそうである。紀州の足軽の血が、日ノ本の安寧を守る。何とも痛快ではないか。使命感に燃え、一鉄は数々の修羅場を潜った。それも今日で終わり。だが、最後までこの想いを貫いてみせる。

一鉄はとうに死を覚悟していた。が、まだ討つことを諦めてはいない。止《とど》めを刺すために近づいた刹那、小太刀を投げて喉を貫くつもりである。

——何だ……。

近づいてきていた阿久多の跫音《あしおと》が止まった。耳がいよいよ壊れたか。それとも警戒

して近づかないのか。己を打ち捨てて武元を追おうというのか。そうはさせないと、一鉄は肘に力を込めて身を起こした。

阿久多は彼方を見ている。男吏も同じ。何事かと一鉄は二人の視線の先へ目をやる。霞む景色の中に男が一人。

「くそ……」

命拾いしたという喜びはない。己からすれば、あれも泰平を揺るがす悪人。それに命を繋《つな》がれている今の状況が疎ましかった。だが、あの男は己の勤めに矜持《きょうじ》がある。悪逆無道な虚よりは遥かにましというもの。一鉄は震える唇を苦く綻ばせつつ呟いた。

「やれ……くらまし屋」

二

平九郎《へいくろう》は単身行列に斬り込んだ。その間に赤也と七瀬が晦《くら》ませる。七瀬がいった、裏を囮《おとり》に表を為すという策の全貌はこのようなものである。

斬り込むといってもあくまで素振り。家臣を殺すことを武元は許さなかった。それしかないならば潔《いさぎよ》く諦めるとも一鉄に言ったと聞いた。平九郎としても別に好き好んで殺しをしている訳ではない。峰を返して急所を突いて身動きを封じる。二人目を沈めた時には、肥えた岩城家の家臣に扮した赤也が軽く手を上げるのが見えた。彼らが遠くに逃げるまで時を稼ぐ間に、道中奉行配下に囲まれたが何ということはない。隙を見て逃げ出すと、田畑を突っ切って林に身を溶かしこんだ。

ぐるりと回って草加《そうか》宿の西に先に出て、赤也らが逃げているだろう道をひた駆ける。途中で追いつければよいが、最悪でも今井の渡しで合流する予定である。

遂に雪が降り始めた。今年、初めてである。濡れる頬を拭いながら、道を急ぐ平九郎は異変を感じた。耳朶に金音が届いたのである。暫《しばら》くすると血相を変えた百姓がこちらに走って来るのも見えた。敵かとも思ったがどうも違う。余程怖い目に遭ったか、百姓の顔は青を通り越して白くなっている。

「いかがした！」

「お侍様！　追剝《おいはぎ》でございます！」

田畑の肥やしになる牛糞を、田の側の納屋に運んでいる時に目撃したという。男女四人の町人風の一行を、馬に乗った二人が襲撃した。若い男が一人で防ごうとし、三人を逃がした。状況から見れば追剝だと思うのも無理はない。それで代官所に告げるために走って来たらしい。

「解った。私は道中奉行配下の岡濱《おかはま》と謂《い》う者だ。悪いが草加宿まで伝えに走ってくれ」

懐から一分金を取り出して握らせた。代官所までは間もなく。一里ほど遠い草加宿のほうがまだ時を稼げる。百姓は深く考えなかったようで、頷いて走っていく。

平九郎は股立《ももだち》をとって先を急いだ。三町も走ると人影が見えて来た。曽和一鉄が槍を携えた男に斬りかかっている。腰が入っておらず、足元も覚束ない。この数日間、一鉄と対峙《たいじ》して相当な実力を有していると感じていた。あの様子は明らかにおかしい。すでに重傷を負っているのかもしれない。

一鉄が飛ばされて転がり、槍の男が近づいていく。己が駆け付けるまで間に合わぬと考え、平九郎は走りながら身を低くして石を取ると、そのままの姿勢で下から鋭く投げつけた。水面に石を跳ねさせて遊ぶあの要領である。石は礫《つぶて》となりて飛翔する。ぎりぎりで気付かれて槍の男は仰け反った。

「あいつは……」

槍の男ともう一人。初谷男吏で間違いない。ということは虚か。

駆け寄った平九郎に向け、男吏が大きな舌打ちを見舞う。

「この件にもくらまし屋が嚙んでいたか」

「くらまし屋……惣一郎が手こずった男ね」

平九郎はすらりと刀を抜くと、敵の二人を牽制しながら一鉄のもとに足を運ぶ。

「怪我を負ったか」

「……毒だ」

「毒だと」

戦いの最中に毒を盛るなど想像出来ない。有り得るとしたら刃に塗っていたということか。

「初谷のほうだ……霧のように吹く」

男吏は平九郎から見ても強そうには思われない。その油断を利用して一鉄を返り討ちにしたということか。

「死ぬか」

「かもな」

平九郎の短い問いに、一鉄は即座に嗄《しわが》れた声で答える。死ぬ覚悟などはとっくに出来ているのだろう。

「今一人は……阿久多だ」

「鉄漿阿久多。最強の『振《ふるい》』は虚にいたか……」

「鎌槍を使い――」

一鉄は激しく咳き込む。男吏が口に含んだということから見て、死ぬような毒ではないと考えられる。だが、この土気色の顔。常人ならば戦うことは疎《おろ》か、立つことも出来ないであろう。

「もう喋るな」

平九郎は刀を正眼に構えつつ、阿久多へと一歩踏み出した。吹き抜ける風が雪を巻き込んで舞い上がる。

「お初に、くらまし屋さん」

「待っていてくれたか。随分、優しいじゃないか」

「あら、わざと隙を見せて斬りかかったところを、返り討ちにするつもりだった癖に」

阿久多はこちらの目論見《もくろみ》に気付いていたようである。じりじりと互いに間合いを詰める。

「女の恰好をしているってのは、本当なんだな」

「馬鹿にして。心は女なの」

「馬鹿になんてしちゃいない」

「意外なこと」

阿久多は目を丸くしつつ鎌槍を構えて腰を落とす。その手に雪が落ち、じわりと溶けるのまではきと見える。

「ただ……」

「ただ？」

「着物の趣味が悪い」

阿久多の眦《まなじり》に一瞬で凶気が宿った。

「貴様――」

「あの世に晦め」

白線。刺突された槍が平九郎にはそう見えた。鎌が付いているため、点ではなく線で躱さなければならないのが厄介である。

槍が曲がる。項《うなじ》を掻き切ろうというのだ。

「真貫《しんぬき》流、紙舞《かみまい》」

真貫流は「躱す」ことに長けている。地を蹴って槍の柄を乗り越えるように横様に飛ぶ。

「まっ」

顎から額に雪が上って行く中、逆様の阿久多の顔が歪むのが目に映った。

「疋田流《ひきた》、雷迎《らいげい》」

元来は真下からの斬り上げ。天地逆様の強力な唐竹割になる。阿久多は柄を搗《か》ちあげて弾く。

地に足が着くと同時に、阿久多は左手一本で槍を大旋回させて頭上に鎌を落としてきた。以前に視《み》たことがある。宝蔵院《ほうぞういん》流の風車《かざぐるま》と謂う技。鎌槍も宝蔵院流が好んで使うもので、阿久多の流派はこれと見た。

「真貫流、紙馬《かみうま》」

眼前一分のところで躱し、阿久多のがら空きとなった懐に飛び込んだ。

「一刀《いっとう》流、一閃破《いっせんは》」

その刹那、背に悪寒を感じて身を伏せた。阿久多の柄の掴む位置が変わっていたのだ。頭上を槍が駆け抜けていく。手許に戻った槍の刺突を平九郎は後ろに飛んで避けた。

「天流《てんりゅう》、髑髏《しゃれこうべ》の唄……てね。真似しちゃった」

阿久多はにんまりと口角を上げた。

「そういうことか」

こいつは様々な槍術を混ぜて自己流を編み出している。それぞれの流派の弱点を、別の流派で補っているのだ。

「阿久多、どうだ」

男吏が脇から尋ねる。

「うーん……死と引き換えなら、殺《や》れますわ。暫しお待ちを」

「おいおい、死ぬのはまずいと言っているだろうが」

前回、惣一郎と剣を交えた時も、男吏はそのように言っていた。理由は判らない。考えられるのは、虚は別の目標があって戦力の低下を恐れているということ。

「初谷様の腕の中で死ねるなら、私は構いませんが」

阿久多はべったりと鉄漿の塗られた歯を見せ、不気味な笑みを浮かべた。

「おい……幕吏が来た。一人は見たことがある。道中奉行配下だ」

男吏が低く言って顎を振る。平九郎も気付いていた。新たに二頭の馬がこちらに近づいてきていることを。その内の一人はどうやら篠崎瀬兵衛《しのざきせへえ》らしい。

——相当早い。

こんなに早く絡繰りに気付かれるとは思っていなかった。やはり瀬兵衛は侮れない男である。

一鉄が苦しげに身を起こし、不敵に笑った。

「もう一人は仁太夫《じんだゆう》……御庭番きっての腕利きだぜ……」

「まずいわね。この御庭番より強いとなると、二人相手したら死んじゃう」

男吏は大きな溜息を零して眉間《みけん》を搔き毟《むし》った。

「ここのところ失敗続きだ。退くぞ」

「あい」

阿久多は素直に頷くと、槍を構えたまま後ろへと下がっていく。平九郎としては退けられるならばそれでよい。己も早くこの場を離れたいが、一鉄を抱えねばならない。今この状況で肩を貸そうものなら、阿久多がひっ返して襲って来ることも考えられる。

歩み始めた男吏が吐き捨てるように言った。

「二度と邪魔するな」

「こっちの科白《せりふ》だ」

阿久多がようやく身を翻した時、男吏も駆け出す。平九郎は急いで一鉄に駆け寄ったが、瀬兵衛はもうすぐそこまで来ており、間に合いそうにない。

「嘘だな」

「ああ……知らぬ男だ」

一鉄は御庭番きっての腕利き仁太夫などと言っていたが、もう一騎の男も行列の中にいたのを覚えている。虚を退かせるための嘘である。

「くらまし屋。観念しろ」

瀬兵衛ら二人は、馬から飛び降りて刀の柄に手を掛ける。

「篠崎瀬兵衛、お前じゃ俺は捕まえられないさ」

平九郎は抜き身の刀を摑んで立ち上がった。剣の心得こそありそうだが、もう一人もさして強者には見えない。

「今の男は……阿久多か」

何故か己よりそちらに気を引かれており、今にも駆け出さんという様子である。

「ああ、虚にいるようだ。そっちを捕まえればどうだ？」

「その手は食わんぞ」

瀬兵衛が間髪入れずに言う。

「老中はもう遠くへ逃げた。今日中には必ず帰すと約束しよう」

「それでもだ……」

「俺はお主を斬りたくはない」

瀬兵衛は意外そうな顔になる。

初めて出逢った時、瀬兵衛は諏訪《すわ》家家老の姫に扮した七瀬を心配し、愛宕山《あたごやま》の御守りを託した。その顔は慈愛に満ち溢れていた。武元との誓いもあるが、この男を斬れば、いよいよ昔の己に戻れないという予感が過るのだ。

「くらまし屋。私は道中同心で乾京介《いぬいきようすけ》と謂う」

もう一人の怜悧《れいり》な目をした男が名乗った。何を話しだすのだと瀬兵衛も怪訝《けげん》そうにしている。

「お主ならば奴を……阿久多を仕留められるか」

「六分だな」

阿久多の実力はあの榊惣一郎と伯仲している。正直なところ、このまま戦っていても、確実に仕留められるとは限らない。だが惣一郎と戦った時ほどの絶望感がないのも、事実。こちらとしてもまだ奥の手はある。それで打ち破ることができるかもしれない。

「乾殿、駄目だ！」

瀬兵衛は何か察しがついたようで叫んだが、京介は遮るように一気に言った。

「取引をしたい。あの男、鉄漿阿久多を捕まえろ」

「断る。俺は晦ますのが本分よ」

「では、これではどうだ。私を縄の掛けられた阿久多の元に晦ませ」

「元の暮らしを取り戻せなくなるぞ！」

瀬兵衛が叫んだ後、暫し無言の時が流れる。乾という男、まだ覚悟が出来ていないらしい。はらはらと舞い散る粉雪の中、乾の強く握った拳が震えている。

「依頼は無しということでよいか？」

「ならば捕えるまで」

乾はすぐに言い返したが、その顔には迷いの色が見える。

「そうなれば、俺を使いたくなった時、諦めるほかないな」

「それは……」

「心を決めてまた来い。その時は必ず、お主をあの男の元へ晦ませよう」

平九郎が強く言うと、京介はすうと刀を瀬兵衛の首元に近づけた。

「篠崎殿、すまぬ」

「乾殿……駄目だ」

「私は如何なる手を使っても、皆の仇を討つ。見込みがあるなら、術《すべ》は一つでも多く残したいのです」

察するに、京介は阿久多と因縁があるらしい。

「俺に繋ぐには……」

「知っている。早く行け」

平九郎は一鉄に肩を貸すと、振り返りつつその場を後にした。京介は鋲から目を離そうとしない。瀬兵衛は口惜しそうにしているが、それ以上に哀しげに見えた。それがどのような心から生まれた表情なのか。平九郎には知る由もないが、その姿が見えなくなっても不思議と頭から離れなかった。

三

武元らは馬に飛び乗ると、舟を用意しているという六木へと急いだ。元々は一鉄と七瀬が手綱を握る予定だったが、事態が変わったため、武元自ら馬を操る。一頭は平九郎が使うので、そのまま繋いである。

「一鉄……」

武元は時折馬上で振り返った。己の我が儘のせいで一鉄を危険に晒してしまい、自責の念が沸々と込み上げて来る。

「心配いらねえさ。平さんが、相当強いと言ってた」

七瀬にしがみ付く赤也が軽快に言った。

「平さん？」

「こら！」

「あ……悪い」

「なるほど。あの男は『平さん』と謂うのか」

七瀬は手綱を引きながら溜息を零した。

「ええ。とにかく……曽和一鉄は尋常ではないって。そこまで言うのは珍しいから。だから幾ら相手が虚とはいえ、心配いらないと思う。時を稼いだら逃げて来るでしょう」

「ならよいが……」

六木に辿り着くと、生い茂る葦《あし》に隠れるようにしてすでに舟が用意されていた。舟の上に二人立っている。一人は棹《さお》を持っていることから船頭であろう。船頭でないほうが尋ねる。

「あと一人は？」

「予定が変わった。すぐに出して」

「解った。こっちは船便の幸四郎《こうしろう》だ」

「風太《ふうた》さんには世話になっています。では急ぎましょう」

船頭が菅笠に手を添え、ちょこんと頭を下げると、棹で岸を押して舟を出す。

「巻き込んで御免なさい」

七瀬は風太と呼ばれた男に頭を下げる。

「いいさ。お春を助けてくれたからな」

どうやらこの男は堅気で飛脚を生業としているらしいが、くらまし屋の者たちとは縁があるらしい。今回の勤めには飛脚が必要だったため、協力を仰いだという。舟を操る幸四郎も、風太の飛脚問屋でよく使っている船頭で信用に足る男だという。

「急ぎですので川の真ん中を行きます。揺れますから、しっかり摑まっていて下せえ」

幸四郎は威勢よく言って棹を操った。

お元《ちか》が、今井の渡しを通るのは申《さる》の刻（午後四時）とのこと。これで何とか間に合う。

凍えるような風が川面《かわも》をなぞり飛沫《しぶき》を立てる。顔の濡れた所が刺したように冷たくなる。武元がそれを掌で拭った時、七瀬が空を見上げつつ声を上げた。

「雪……」

赤也はこめかみを掻きつつ苦笑した。

「風情があると言いたいが……寒くてかなわないな。止《や》むかな？」

「これは積もるかもね。舟にして良かった」

そこまで考えているとは思わなかったので、舌を巻いた。七瀬はありとあらゆることを想定して策を組んでいるらしい。

――豆州も扱い兼ねるだろう。

ふとこの娘の父の平謝りする顔が過った。果たして娘が生きていること、こうして裏稼業に身を投じていることを知っているのだろうか。裏稼業のことはともかく、生死も判らないのならば、それだけでも教えてやりたいと思った。だが七瀬はそれを望んではいないだろう。

「親の心子知らずか……」

「え？」

降りしきる雪の中、振り返った七瀬には凛とした美しさがある。

「何でもない」

子を語る資格が己にあるはずがない。知らなかったとはいえ、お元は両親の顔を知らずに育った。祖父や伯父がいただけ幸せだったかもしれないが、寂しい思いも、哀しい思いもさせただろう。

正直なところ、お元が己の娘だという感慨は無い。無いというのが罪だと思う。今回、こうして我が儘を通したのも、それを少しでも償い、楽になりたいという邪《よこしま》な心があったのかもしれない。己などより死んだお雪のほうが、ずっとこの日を楽しみにしていたはず。

——解っている。

宙を不規則に踊りながら降りて来る雪を見つめた。

それでもいいから行ってあげて欲しい。お雪が生きていたならばそう言うだろう。この段になって怖くなっている己を叱咤するため、お雪がその名の通りに姿を変えて降りてきている。そのような気がしてならなかった。

綾瀬川は下流に来ると中川《なかがわ》と名を変える。幸四郎の舟を操る技は巧みで、馬並の速さで川を下っていく。

「幸四郎さん、ありがとうございました」

一之江に着くと七瀬は深々と頭を下げた。

「お代はしっかりと頂いていますから」

幸四郎は胸をぽんと叩いて白い歯を見せる。

「じゃあ、俺も帰るとするよ」

風太という飛脚も、ここで別れて江戸に戻るという。

一行は三人となり今井の渡しを目指した。距離にして半里足らず。早足で歩けば四半刻（約三〇分）も掛からない。雪は一向に止まず、地は薄絹を被せたように白くなり始めている。

「まずい！　行っちまったか⁉」

今井の渡しに着くと、赤也は周りを見渡しながら顔を顰めた。

「大丈夫。半刻は余裕を持っているから。それにこの雪だし、少し遅れるかもね」

渡しにいる船頭に聞き込んだが、やはり花嫁行列はまだ来ていないらしい。この船着き場は人の往来が多く、ちょっとした宿場ほどの賑《にぎ》わいがある。その中で熱心に呼び込んできた掛け茶屋に入り、その時が来るのを待った。

半刻（約一時間）経っても花嫁行列は姿を現さない。何か問題でもあったのではないかと心配し始めた時、先に現れたのは平九郎であった。しかも残ったはずの一鉄に肩を貸して歩いて来るではないか。

「平さん！」

七瀬が声を上げて立ち上がる。

「おい」

「もう知られているの。この馬鹿が言っちゃったから」

「全く……」

平九郎が目を細め、赤也は知らぬ顔で茶を啜《すす》る。六木に残してあった馬を用いて、ここまでひた駆けてきたらしい。

「一鉄……顔色が……」

武元が駆け寄ると、一鉄は儚い笑みを見せた。

「すみません。手こずりました」

「百姓家に預けようとしたが、こいつが死んでも行くと聞かなくてな」

毒を受けたらしいが、命に別状は無いという。当初よりも随分と痺れも和らいできているらしい。

「まだですか？」

一鉄は周囲を窺いながら尋ねた。

「ああ……だがもうすぐだろう」

「恐ろしいので？」

一鉄が、このように問うこと自体これまで無かった。武元は少々面食らったが、やがて深く頷く。

「今の幕府には御老中が必要です。昔の己にけりを付け、民のために政を執って下さい」

「正直な」

「うむ」

「御庭番は微力ながら、御老中を支えることに致します」

「しかし……」

「先ほど正直に恐ろしいと仰った。そんな御老中だからこそです。断られても勝手にさせて頂きます」

一鉄は凛然と言い切った。まだ苦しさは残っているのだろう。片目を閉じるように顔を歪めているが、その口元だけは綻んでいた。

「世話を掛ける」

武元は下唇を嚙みしめながら頭を垂れる。このような泰平を下支えしている者がいる。ならば己も自身しか出来ぬことを為すべきだと改めて誓った。

さらに四半刻ほど待っていると、船着き場が俄《にわ》かにざわつき始めた。その中に、美しい、立派な行列、花嫁などという言葉が飛び交っている。

「来たな。ここでいいのか?」

平九郎がこちらを見て尋ねた。

「ああ……」

この掛け茶屋からだと、舟に乗り込むまでずっと見ていられる。端から声を掛けるつもりなどない。ただ見送ることが出来ればよいのだ。

行列の先頭が見えて来た。立派な行列である。行列は婿《むこ》が迎えにやるもの。名主とは聞いていたが、それにしても人数も多く、輿も大層立派なものである。お元のことを大切に想ってくれているのだろう。

武元は息を呑んだ。お元は当然ながら輿に乗っている。しかし仮にそうでなくとも、どこかでふと出逢っても解るほど、あの日のお雪に瓜二つだった。

お元は白無垢を身に纏っている。

鼻孔がつんと痛くなり、胸が熱くなる。この白無垢がお雪から受け継いだものか、己には判らない。だが、そうとしか思えないほど、お元は晴れやかな表情をしている。

船着き場まで進むと、お元は周囲の者の手を借りて輿から下りた。大人数で今井の渡しを使うには事前に代官の許しがいる。舟は予め手配していたのだろう。すぐに数艘《そう》の舟が回されてくる。

「よいのか？」

平九郎はお元を遠目に見つめながら今一度尋ねた。

「ああ」

「悔いを残すな……」

ふいに武元を見つめ、力強く言った。何故だか平九郎の目が赤くなっている。それだけでなく嗚咽《おえつ》を噛み殺しているようにも見える。

「もしや……」

「俺もだ」

短い会話で全てを悟った。境遇こそ違えど、この男にも背負っているものがあるらしい。

「お主ならばどうする」

「たとえ殺されようともな」

「そうか」

武元は細く息を吐いて立ち上がると、ゆっくり地を踏みしめていく。誰も後に続いては来ない。皆が見守る中、武元は舟待ちをしている衆の元へと歩を進めた。

「おめでとうございます」

今の己の装いを考えて武家言葉は封じた。唐突に話しかけてきたものだから、皆が少し驚いた顔になる。ただ、その中でお元だけが微笑みながら会釈をした。

「ありがとうございます」

「道中、寒かったでしょう」

「ええ……でも初雪が降ったのは嬉しいことです」

「ほう。何故？」

「亡くなった母の名が雪と謂います。私を祝ってくれているようで……」

お元も同じことを考えていた。それを知っただけで胸が詰まる。その想いを懸命に抑え込んで笑みで返した。

「きっと喜ばれているでしょう」

「はい。毎年の文《ふみ》にも嫁入りのことばかり」

お元はくすりと笑った。お雪はお元を産んで間もなく他界したはず。毎年の文とはどういうことか。お元は言葉足らずであったと説明してくれた。

お雪は己の余命が幾ばくも無いことを悟り、将来のお元に向けて文を書いていた。その数は実に十五通。五歳から毎年一通ずつ封を開け、読んで欲しい。そう遺言をして世を去ったという。

「何と……？」

通常ならば、会ったばかりでこのように踏み込んで問うのは不躾《ぶしつけ》だろう。だが、思わず口を衝いて出てしまった。

「手習いをしなさいとか、遊ぶ相手は出来たかと……他愛もないことです。あとは父のこと。生まれた時にはもうおられなかったけど……」

「そうですか」

お元は周りから父は死んだと聞かされている。そう信じて疑っていない。武元は目を逸らして遠くを見つめた。

「父はどこかで生きておられるようです」

「え……」

胸が高鳴り、喉が締まる。お元は川面に落ちていく雪を見ながら続けた。

「母の文にそう。父はお役人だったそうです。それもうんと偉い。どこまで本当か判りませんけどね」

お元は母の冗談も混じっているのではないかと、半信半疑であるらしい。

「多くの人のため、為すべきことがあるから、私たちの側にいることが出来なかったと。もしそれが真なら……誇らしいことです」

頰を一筋の涙が伝い、武元は慌てて拭った。お元は少し不思議そうに見つめてくる。

「すみません。御父上が聞いておられれば、さぞかしお悦びだろうと」

「申し訳ありません。初めてお会いした方にこんな話をして」

反対にお元は申し訳なさそうにしてお辞儀をした。舟の用意が整ったようで、介添えの者がお元を促す。

「では……参ります」

「はい。どうぞお幸せに」

お元が舟に乗り込む。少しばかり揺れ、可愛らしい笑い声を上げるのが微笑ましかった。

舟が岸を離れる。ちょこんと真ん中に座ったお元が、こちらを見て再び頭を下げ、武元も深く頷いた。

「あの！」

「はい」

「ありがとうございます。父もきっとこんな優しい方なのだろうと考えました」

咽《むせ》ぶのを必死に耐えた。門出に涙は相応《ふさわ》しくない。武元は満面の笑みを作りながら言った。

「末永くお幸せに」

お元は小さく頷く。やがて遠く離れていき、その表情も見えない。

未だ雪は降り続いている。それなのに雲間から光が差し込んでいることに気付いた。

柔らかな陽と、舞い踊る雪が優しく舟を包み込む。

きっとお雪も笑ってくれている。

そう思えて仕方がなかった。雲間から覗く蒼が広がると共に、ずっと影のようにこの身に寄り添ってきた、もう一つの人生が消えていくのを感じていた。

舟は行く。冬晴れの下、輝かしい明日へ向け。

武元はいつまでもそれを眺め、心の中でようやくそっと別れを告げた。

## 四

間もなく宝暦三年（一七五三）も終わろうとする忙しい師走二十七日。平九郎は息を吐きかけて手を擦りつつ、波積屋《はづみ》の暖簾《のれん》を潜った。

「平さん、いらっしゃい」

店に入るなり、お春が明るい声で迎えてくれた。

「今日は空《す》いているな」

「年の瀬だからね。さっきまで風太さんがお仲間と来てくれてたんだよ。仕事納めだからって」

「そうか。波積屋も今日までだろう？」

「うん。平さんは？」

「俺はまだまだ」

今日で飴《あめ》売りは一旦終わり。明日から丸二日の間、新たに飴を仕込み、小晦日《こつごもり》は今年最後に文が無いか府内を見て回る。大晦日は、最近では初詣に行く者も増えたため、そのような時も出店が並ぶようになった。別に休んでも構わないのだが、特にすることのない平九郎にとっては却って有難いことである。

「平さん、聞いてよ」

奥から出て来た七瀬が、盆を膝に当てながら頬を膨らます。

「何だ？」

「あれ」

七瀬のしらっとした視線の先。小上がりで突っ伏している赤也の姿がある。相当呑んだのだろう。耳まで茹蛸《ゆでだこ》のように真っ赤に染まっている。

「どうしたんだ？」

「あの馬鹿、今年最後の大勝負だって全財産賭けたの」

「そりゃあ……」

先日は博打《ばくち》で大勝ちしたと言っていた。それに武元の依頼では百両を受け取っている。元来ならば偽の大名行列や風太たちへの謝礼など掛かりがかさむところであるが、四三《よみ》屋の坊次郎《ぼうじろう》が、

——此度は私持ちにさせて下さい。

と、頑として受け取らなかった。幕府の要人と気脈を通じることが出来たのだから、これでも安いくらいだと感謝していた。つまり三十三両が赤也に入ったことになる。

懐はかなり温かかったはずなのだ。

「あの、うんすん……」

「うんすん歌留多だな」

「そうそれ。それで全部すったらしい。馬鹿でしょ」

「馬鹿だな」

平九郎は苦笑しつつ、赤也の元に向かってふわりと声を掛けた。

「よう」

「む……平さん」

鈍い動きで赤也が顔を擡《もた》げ、眠たそうな目でこちらを見た。

「負けたらしいな」

「あー！　もう、胸糞悪い」

赤也は銚子を傾けるが、雫《しずく》が二、三滴落ちるだけである。

「呑み過ぎだ」

「うんすんは、人吉《ひとよし》の姫様が広めたって言ってたよなあ？」

「まあ、持ち込んだのはそうだと聞いている」

「姫様ってのは、碌《ろく》なもんじゃねえよ」

銚子を卓に叩きつけるように置き、赤也は熟柿臭い息を吐いた。

「つけにしないわよ」

「ごめん」

七瀬が目を細めて睨みつけると、赤也は即座に詫びてしゅんと大人しくなった。

「止められねえのか？」

平九郎は片頬を持ち上げるようにして笑った。五十両近くすったらしい。それだけあれば、深川のほうならば小さな家が買えてしまうほどの額である。

「止められねえよ……」

この稼業をしていれば心は荒むもの。皆が何かでそれを埋めて平静を保っている。

己にとっては飴屋で子どもの笑顔を見ることであり、七瀬であれば波積屋に来る酔客の楽しげな声。赤也はそれが博打という、ちと悪い方に向かっているのだろう。

「借金はねえだろうな？」

「ここのつけだけ。他からは摘《つま》んでねえさ」

借金をしてでも博打を打ち続ける者も多い。借金といえば、大晦日は金貸しの取り立てが一層苛烈になる。証文の期日が年の内で切れることがあるためである。借りた者はその日一日を逃れようと必死に逃げ、金貸しはそうはさせまいと追う。猫が鼠《ねずみ》を追いかけるような光景が市井のあちこちで繰り広げられる。借金はしないだけましというものかもしれない。

「ほどほどにしておけよ」

「うんすんはもうしねえ。これからは賽子《さいころ》一本だ」

「そうじゃなくてな」

平九郎がこめかみを搔くと、茂吉《もきち》が自ら何やら料理を運んで来てくれた。

「赤也、これを食べな」

「こりゃあ……？」

「干柿と蕪《かぶ》の酢和えだ。柿は酔い醒《ざ》ましにいいんだよ」

「へえ」

赤也は目を擦って箸《はし》を摑む。

「逆様」

赤也が箸を逆に持っていたので、七瀬はちくりと言って板場へと入っていった。

「へいへい」

持ち直した箸で摘み、口に入れてゆっくりと咀嚼《そしやく》する。

「美味《うま》い。でも効いているのか判らねえ」

「そんなに早く効かないさ。ゆっくり噛んでお食べ」

茂吉はまるで父のように優しく語り掛ける。素直に頷く赤也が可笑《おか》しかったのか、
お春が思わず噴き出した。

「お春、もうそろそろ店仕舞いにしようか」

「はい」

お春が暖簾を下げに動き出した時、入口の戸が開いた。

「お客さん、そろそろ店仕舞いなんだけど……」

茂吉が申し訳なさそうに言う。

「一杯だけいいかな」

「それなら」

茂吉が答えるより早く、平九郎は入口に向かって振り返っている。

「お前……」

そこに立っていたのは曽和一鉄である。今宵は二本差しの恰好であった。

「いいか？」

一鉄はこちらが答えるより前に、大小を腰から抜き取り、お春に手渡す。

「頼めるかい」

「はい」

お春はこれが今の幕府隠密御用の頭を務めている男だとは露知らず、にこりと笑って頷く。ここでようやく七瀬も客が何者かに気付き、板場で茂吉を手招きして呼び寄せて耳打ちする。

一鉄は諸手を挙げながら小上がりに来て、ゆっくりと腰を下ろした。

「お前の場合、刀を預けても意味はないな」

隠密において人目に触れる武器は飾りのようなもの。今も躰に無数の暗器を仕込んでいるに違いない。

「今日は本当にあれだけだ」

「嘘臭《くせ》え」

赤也は干柿を口に含んで、けらけらと笑った。

「どういう風の吹き回しだ。こちらからを除き、俺は依頼人には……」

「二度と会わない。だろう?」

「解っているのか」

「俺は依頼人が付けた条件として帯同しただけ。印籠や財布、いわば持ち物と同じだ」

屁理屈のように思えるが一鉄は真面目な顔で言っている。御庭番をはじめ隠密は、自らを道具のように扱うという。そうした生き方が根底に染み付いているのかもしれない。

「何かあったのか」

今回は依頼人が大物ということ。そしてもう一つの人生を晦ませるという異例の依頼であったため、何事かが出来《しゅったい》したならばこちらも覚悟をしなければならない。

「達者にしておられるさ」

今井の渡しでお元を見送った後、馬を駆って江戸に戻った。松平家の屋敷に残った者は、宇都宮に向かったはずの武元がふらりと一人で帰って来たものだから、驚天動地の騒ぎになったらしい。

　武元は家臣たちに深く詫び、二度とこのようなことは無いと誓った。暫くして宇都宮に向かっていた行列からも、武元失踪を報せる早馬が帰って来て、伝えに来た者はへなへなとその場に座り込んだという。

すぐに行列に向け、屋敷から別の者に無事を報せるように走らせた。当然ながら宇都宮行きは中止。後日、日を改めて向かうことに落ち着いたという。

「迷惑な殿様だ」

「流れ流されて生きねばならなかった御方の、生涯一度の我が儘だからな……」

　一鉄は隠密にしては優しすぎる目で遠くを見つめた。此度のことでこの男には、想像する隠密とは掛け離れた印象を受けた。自らを道具呼ばわりする癖に、何と言うか人間臭い男なのだ。案外このような所を買われ、時に冷酷にならざるを得ない御庭番の頭に推されたのかもしれない。

「で、用は？」

「懐に手を入れてよいか」

　一鉄は顔を傾けて窺う。

「ゆっくりだ」

蝸牛《かたつむり》が動くように遅く、一鉄は懐に手を入れて何かを取り出した。一分銀百枚、すなわち二十五両を包んだ切餅《きりもち》。それをゆっくりと三つ取り出して卓の上に置いた。

「殿からだ。皆に礼だと」

武元からということらしい。想像以上に迷惑を掛けたと、一人に二十五両追加で支払うという。赤也がおっと目の色を変え、そろっと手を伸ばす。

「だめ」

七瀬がぴしゃりと言ってこっちに歩み寄る。赤也は大きな溜息を零して手を引っ込めた。

「金はすでに受け取っている」

「だろうな」

恐らく受け取らないだろうと進言したのだが、武元はまずは持って行ってみろと強く勧めたという。一鉄は苦く笑って切餅をゆっくりと懐に戻す。赤也が未練ありそうな目で追っているのが可笑しかった。一鉄はお春が板場に入るのを確かめた上で、囁くように言った。

「虚を追っているのだろう」

なるほど。こちらが本題か。武元も追加の金は受けないと判っていたのだろう。魑《ち》魅魎魎《みもうりよう》が跋扈《ばつこ》する幕府の中でのし上がるだけあって、なかなか食えない男である。

「ああ」

「我らも追うことになった」

これまでも幕府は虚を追っていた。だが御庭番を投入するということは、いよいよ本腰を入れたことになる。一鉄は声を一層落として語り掛けてきた。

「堤《つつみ》平九郎。人吉藩外城士にもかかわらず、初めて剣術師範に名を連ねた男の名だ」

「平さん」と呼ばれていることは知られてしまった。だが、依頼を終えてからまだ七日。諸藩に間者を放っているとはいえ、たったそれだけの手掛かりで己の身元を調べ上げるのは、流石御庭番としか言いようが無い。

「こちらは柏《かしわ》屋の消えた二代目。瀬川吉次《せがわきつじ》」

一鉄の視線を受け、赤也は酔いも醒めたか頰を引き締める。

「で……こっちはもう知れたな。常陸牛久藩主、山口伊豆守弘豊の息女、瀬名《せな》姫」

七瀬は顔色を変えずにいるが、盆を抱える指がぎゅっと締まるのが見えた。

「えげつない顔ぶれだ」

一鉄は心底そう思っているように首を傾ける。気色ばむ平九郎を、一鉄はさっと掌で制した。

「心配するな。俺と殿しか知らぬし、口外するつもりもない」

「何が目的だ」

「俺たちの探索の力は示せたはずだ……手を組め」

「断──」

「断るな」

平九郎が即答しようとしたが、さらにそれを上回る速さで一鉄が被せたので驚く。

「何としても救いたいのだろう。今井の渡しでお前の目を見て判った……利するものは何でも使え」

やはり隠密らしくない熱っぽい口振りに、平九郎は呆気に取られてしまった。

「俺たちもあの外道どもを刈り取りたい。だが……刃を交えて解った。我らの中でまともにやれるのは俺だけだ」

高尾山で散った網谷という御庭番。あれが衆の中で三番目の遣い手であった。それが虚の新入り、確か漣月《れんげつ》と謂う男に歯が立たなかった。その漣月を己が仕留め、その己を凌ぐほどの遣い手である榊惣一郎がいる。また阿久多も惣一郎に負けず劣らずの強さ。御庭番の手勢だけではどう考えても分が悪い。

「お主たちを信用出来るという保証はない……」

思わず武士の口調に戻ってしまっている。

「公儀を信じろ」

「馬鹿な……」

今の世に公儀だというだけで素直に信じる者はいない。何であれどこにでも悪人はいるものである。それなのに一鉄の言いざまは、同心に憧れる幼い子どものようで、思わず口が綻んでしまった。公儀云々はともかく、この男の熱に絆《ほだ》されそうになっている己を感じた。

「死ぬまでそれを貫けるか」

仮に今はそう思っていたとしても、人は良くも悪くも変わるもの。口籠らせてやるつもりだったが、一鉄は鼻を鳴らして不敵に笑う。

「俺は一徹者よ」

「どうだ？」

平九郎は首を振って七瀬と赤也に問うた。

「おいおい、本気かよ」

「私は悪くないと思う。この短い間にこれだけ調べ上げるなんて、私たちには絶対無理」

「だけどよぉ……俺は御家人とか旗本とかが嫌《きれ》えなんだよ」

赤也は不満そうに口を尖らせる。

「俺にはそう見えなかったが？」

一鉄が形の良い片眉を上げる。

「あんたは……それっぽくねえの」

「まあ、様子見よ。でもあんたらの依頼でも、しっかりとお金は頂くわよ」

「当然だ」

七瀬のちゃっかりした言い分に、一鉄は微笑みながら頷いた。

「色も付けてくれるかい？」

「訊いてみよう。恐らく問題はなかろう」

「じゃあ……ま、いっか」

赤也は首の後ろで手を組んであっけらかんと言った。平九郎は静かに口を開いた。

「あくまで互いの目的のため」

「結構だ」

「危機に陥ったら見捨てるかもしれぬ」

「覚悟の上さ。あいつらは放っておいてはまずい。そんな予感がしている」

一鉄はすでに何か摑んでいるのかもしれない。平九郎にはそのように思えた。己は何のために裏の道に入った。妻子を救い出すためではないか。この三年、大した進展は得られなかった。赤也の博打ではないが、ここらで大きく勝負に出る必要がある。それに、これまでは時に御庭番を敵に回すことになった。それが無くなるだけでも随分と気楽である。

「受けよう」

「そうか。助かる」

一鉄はそう言うと、自らの財布から小判一枚を取り出して席を立った。

「多すぎるよ。それに呑んじゃいない」

頃合いを見ていたのだろう。酒を運んできた茂吉が止めようとする。

「そっちでやってくれ。馴《な》れあう仲じゃあないのでね」

「ご馳走様」

頰を緩める一鉄に、赤也は片手で拝むようにした。

「よい年になればいいな」

一鉄はそう言い残して、足早に波積屋を後にした。やはり己が知っている隠密とは異なる男である。あのような男を御庭番の頭に据えるあたり、思っている以上に幕府は柔軟かつ強靭なのかもしれない。

「さて、そろそろ行くか。朝早くから餡を仕込まなければならねえ。俺はこれで。悪いな」

平九郎は小粒一つを小判に添えるように置いた。皆に年の別れを済ませ、寒天の下へと踏み出した。芯まで震えるほどの寒さであるのに、年の瀬だからか町はどこか浮かれているように見えた。

「寒い」

襟元を掻き合わせて空を見上げた。澄み渡った空に幾つもの星が瞬いている。

一つの年が暮れ、また新たな年が来る。その中で何かを捨てる者も多いだろう。例えば博打を止めようだとか、酒を止めようだとか。概してその決意は長くは続かないものである。

反対に一つの年が訪れることで、新たに何かを始める者もいるはず。手習いであるとか、商いであるとか、あるいは恋であるかもしれない。それもまた続かないことも多い。人とはそのように弱い生き物であるのに、何かを捨て、何かを得ようと心に誓う。それも含めて人の弱さであり、強さなのかもしれない。

己は何を捨て、何を得ようというのか。

得ようとするものはずっと変わらない。これまでも、これからも。その時が来るまで。では何を捨てようか。茫と考えて空を見上げ続けた。

「よし」

平九郎は冷えた己の頬を挟むように手で叩いた。感傷的になることを止めよう。前向きに生きねば叶うものも叶わない。再会したとしても、哀しい表情が張り付いていては意味がないのだ。

そのようなことを考えるのもまた感傷に浸っているのではないかと、平九郎は自嘲気味に笑った。

白い息が溶けていくのを見ながら、平九郎は今一度頬を叩き、新たな年に焦がれている江戸の町にゆっくりと歩を進めた。

# 終章

惣一郎《そういちろう》が「夢の国」に辿り着いてから二月《ふたつき》が経った。

この辺りの寒さは極めて厳しく、集落にある百軒ほどの家の全てに囲炉裏《いろり》が設けられている。

集落の近くには、これまでほとんど人の手が入っていないらしい森がある。つまり薪《まき》は幾らでも採れ、その点に関して心配はなさそうである。村に住まう男は厳しい冬に備えてこの一月、毎日のように木を切り出しに森に入っていた。

「うー、寒い」

惣一郎は己の躰《からだ》を抱くようにして身震いした。

「榊《さかき》様は家でお休み下さい」

そう言ったのは、須田《すだ》と謂《い》う男。この集落の物頭を務めており、今は杣木《そまぎ》をとる差配をしているが、一度《ひとたび》敵の襲撃があれば武器を手に戦いの指揮も執る。

「退屈ですからね」

そう言った時、木々の間を突風が吹き抜け、惣一郎は肩を竦《すく》めてさらに尋ねた。

「ここよりも寒いところがあるって本当ですか？」

「ええ、この地はまだましな方。さらに北に行けば息も凍るほどです」

まだ本格的な冬の訪れの前だというのに、須田の息はすでに白い。

惣一郎が辿り着いた集落には、一軒だけ、江戸の武家屋敷と比べても遜色のない立派な建物がある。江戸の御城のようなもので、村の一切合切の可否がそこで決裁される政庁の役割も担っている。惣一郎はそこの一間を与えられている。

ほかの家は掘っ建て小屋に毛の生えたような造りで、隙間風が大層こたえると村の者が話していたのを聞いた。

規模は劣るものの、あと四つ集落があり、最も古いこの集落から分かれる形で、一つ、また一つと増えてきたそうである。それぞれの村には家が三十から五十ほどあり、百から二百の人々が暮らしている。これからもこうして集落の数を増やしていく計画だという。

「早く出てくれればいいのに」

惣一郎は襟巻《えりまき》に口元を埋《うず》めてぼやいた。この一月、敵襲は無い。江戸を発つ前に金《きん》五郎《ごろう》に、

——我らは二つの勢力から攻撃を受けています。

と、教えられていた。その内の一つが、到着した日に現れた者たちであった。

「一月空いたことは稀《まれ》です。きっと榊様の強さに驚き、攻めあぐねているのでしょう」

「あの者らは、代々この地に？」

「私も詳しくはないのですが、代々という訳ではないようです。あの者たちも何らかの訳があって流れてきたのだと。ただ我々よりは先に住んでおり、この地を奪われたと憤慨《ふんがい》しているとか」

「ふうん……でも拍子抜けしたな」

あの程度ならば幾ら大勢で掛かって来ても問題ないだろう。十人、二十人と斬れば怖気づくだろうから、そこをこちらの手勢で突き崩せばよい。

「しかし、あの男がいませんでした」

「あの男？」

「ええ、敵に神憑《がか》った弓の達人がいます。一町先から的確に眉間《みけん》を撃ち抜くほどの」

「そんな男がいるんだ。楽しみだ」

己が全く恐れないことで、須田はかえって少し不安そうに苦笑した。話を聞くと、その男も相当な強さ。侮って敗れては、と心配しているのだろう。

こうして森に来ているのも、本当は退屈だからという訳ではない。男たちが出払い、集落が手薄となる時を狙って、よく敵が現れると聞いたから、己が村に残っていては、やはり警戒して姿を見せないかもしれないと考えたのだ。しかし今のところ思惑《おもわく》通りにはいっていない。

屋敷に帰り夕餉《ゆうげ》を摂ると、惣一郎は小さく欠伸《あくび》をして床に就いた。飯を食ってすぐに眠くなるのは、まるで子どものようだと男吏《だんり》に苦笑されたことを思い出す。

「男吏さん、弱いからなあ……」

己が江戸を去った後、男吏が危ない目に遭っていないか心配になり、思わず独り言が零れた。その時である。屋敷の外が俄《にわ》かに騒がしくなった。惣一郎はすぐさま布団から飛び起きて腰に刀を捻じ込む。敵の襲撃だと思ったのである。

しかし入口まで走って、そうではないと判った。あの女の医者が、須田と言い争っているのだ。

「初音《はつね》殿、なりませんぞ！」

須田の口調や態度から、初音がこの集落で一定の地位を保っていることが察せられる。それでも、この中に入れる訳にはいかないと、須田は両手を広げて遮るようにした。

「ひどい熱なのです。あの家は隙間風だらけ……暖かいここで休ませねばなりません」

「しかし……その男は……」

初音の後ろ。戸板に乗せられ、布団を掛けられている男は、ここへ来た日に惣一郎が斬った敵の一人だった。軽傷の者はすでに解き放たれた。だが重傷の者はこれまでずっと初音が面倒を見ていたのだ。そのうちの一人が、ようやく傷も癒えてきたという時に、躰が弱っていたこともあってか、高熱を発したという。

村の者ならばともかく、敵には屋敷の内部を知られたくないのだろう。須田は頑として聞き入れない。

「中に入れて下さい」

初音もまた引き下がらなかった。確かにこの屋敷以外の家は板壁も薄く、いくら火を熾《おこ》しても寒さが身に染みる。弱っている者からすれば、その違いが命とりになりかねないという。

「初音殿のお考えを聞き、確かに治療の許しは出しています。しかしながら屋敷の中までは――」

「いいんじゃない？」

須田が話している途中、惣一郎が割って入った。

「しかし榊様……」

「怪しい真似をすればすぐさま殺す。どうです？」

須田と初音、同時に訊いたつもりであった。須田は渋々ながら応じ、初音は凛と頷《うなず》くと、背後に合図を出して屋敷の中に戸板の男を運び入れた。

「ごめんね。私が付きますので」

慌ただしく人が動く中、惣一郎は須田に詫びた。

「いえ、榊様がそこまで仰《おつしや》るならば」

暫《しば》くすると、惣一郎は初音が入った一室を訪ねた。布団に寝かされた男。その横に初音。それを手伝う男が二人控えている。

ここに来た時、己は十数人を瞬く間に斬り伏せた。須田も含めて、男たちから尊敬の眼差《まなざ》しを向けられたが、その中に怯《おび》えの色があるのも感じていた。

――ずっとそうさ。

故郷を出てからというもの、己の剣を見ると皆が同じような顔になった。ただ一人、男吏だけが違った。それが男吏を好いている理由である。

だが、初音もまた何一つ己を恐れることなく、凛然と言い返して来た。常ならば怯えもあったのかもしれない。しかし少なくともあの時の初音は、眼前の怪我人を救いたいという一心がそれを上回っていたように思う。

「ありがとうございます……」

初音はこちらに向けて会釈した。

「ええ。その代わり、見張らせて頂きますので」

「はい」

惣一郎は壁を背にして腰を下ろした。暫くして素人目《しろうとめ》にも男の寝息が落ち着いてきたのが解った。そこで初音はもう心配はないと、手伝いの男二人を他の患者を看るように下がらせた。自然、部屋に二人きりとなる。

「あなたは怖いものがないようだ」

惣一郎はぽつんと零した。初音はこちらを一瞥《いちべつ》して、眠る男の額に当てている濡らした布を取り換えようとする。

「守る者があれば、強くならざるを得ませんから」

「ふうん。医者とはそういうもんですか」

初音は自らを医者だと言った。女の医者というものを、惣一郎は今まで聞いたことがない。虚《うつろ》は恐らくこの技を必要として、初音を連れて来たのだろう。それは何となく解ったが、何故初音なのだろうか。知らぬ間に己はこの女に興味を抱いている。

「どうしてここに？」

「娘が」

「え……」

惣一郎は目を丸くした。初音は見た目にはとても若々しく、子を産んだようには思えなかったからである。初音はじっとこちらを見つめる。目に怒りの色が浮かんでいるのは、お前は一味でありながら、それすら知らなかったのかと言いたいのだろう。

「娘さんもここに……？」

「ええ」

娘は、初音に与えられた家で眠っているらしい。先ほど初音が、守るものがあれば強くならざるを得ないといったのは患者のことだけではなく、娘の存在もあるのではないか。惣一郎は何となくそう思った。

暫しの間、二人とも口を閉ざした。囲炉裏の中で薪が爆ぜる音が部屋に響く。やがて初音は意を決したかのように口を開く。

「貴方は御強いのですね。殺さずに追い払うことは出来ませんか？」

初音は布を取り換えると話題を転じた。

「あれを余裕でやったと思われては困る。油断をすれば、私も今ここにいない」

此方《こちら》を殺そうと向かってくる者を相手に、命を奪わずに戦うというのは想像以上に難しい。ましてや十数人で、弓という飛び道具を用いられれば猶更のことである。

「そうですか……」

「私もまだまだなのですよ」

「私から見れば、貴方は十分御強いようですが？」

「世は広いから。驚くような手練れは沢山いますよ」

このように言うと、まさかと顔を引き攣《つ》らせる者が大半である。だが初音はそのような反応を見せず、何故か素直に納得しているように見えた。

「例えば、常陸《ひたち》の剣客で……」

惣一郎は顎に手を添えて、天井を見上げて話し始めた。

今まで戦った手練れの話である。初音は相槌《あいづち》も打たず、患者の脈を取っていた。初音がそうなのか、それとも女は皆そうなのか、このような話に興味がないのかもしれない。それでも惣一郎は間に耐えきれず、身振りを交えながら軽妙に続けた。

「少し前には高尾山で手強い相手に見《まみ》えました。凄《すご》いんですよ。色んな流派の技を次々に繰り出し――」

「えっ――」

これまでこちらを見もしなかった初音が、勢いよく振り向いて声を詰まらせた。

「どうしました？」

「それはどのような御方ですか……」

訳は判らないが、その風貌を教えて欲しいと初音はせがむのである。

「ええと、身丈は五尺七寸ほどかな。凛々しい眉《まゆ》で、鼻筋は通っていて……あっ、そうだ。首のこちらに黒子《ほくろ》が二つ」

惣一郎は己の首の右側をひたひたと叩《たた》いた。かなりの手練れである。一撃で勝負を決するために首を狙っていた。戦いの中で黒子の位置まで覚えていることに驚いたのか、初音は顔面蒼白で絶句している。

「その御方の名は……」

「くらまし屋ですね」

「くらまし屋……」

初音は初めて聞いた名のようで繰り返した。これまで何の興味も示さなかった初音が、何故くらまし屋にだけは反応するのか。惣一郎は不思議に思って手を添えていた首を捻った。

薪の弾ける音を掻き消すように、低い風切り音が聞こえた。夜が更けるにつれ、強くなり始めているのだろう。それは誰かの泣き声のように哀しさを帯び、二人の間に流れる無言の時を静かに埋めているようであった。

本書は、ハルキ文庫（時代小説文庫）の書き下ろし作品です。

時代小説文庫
い 24-5

冬《ふゆ》晴《ば》れの花《はな》嫁《よめ》 くらまし屋《や》稼業《かぎょう》

著者 今《いま》村《むら》翔《しょう》吾《ご》

2019年8月18日第一刷発行
2024年6月18日第七刷発行

発行者 角川春樹

発行所 株式会社 角川春樹事務所
〒102-0074 東京都千代田区九段南2-1-30 イタリア文化会館

電話 03(3263)5247[編集] 03(3263)5881[営業]

印刷・製本 中央精版印刷株式会社

フォーマット・デザイン& シンボルマーク 芦澤泰偉



ISBN978-4-7584-4280-0 C0193 

http://www.kadokawaharuki.co.jp/[営業]
fanmail@kadokawaharuki.co.jp[編集] ご意見・ご感想をお寄せください。

今村翔吾の本

# 童の神

平安時代「童」と呼ばれる者たちがいた。彼らは鬼、土蜘蛛《つちぐも》、滝夜叉《たきやしや》、山姥《やまんば》……などの恐ろしげな名で呼ばれ、京人《みやこびと》から蔑まれていた。一方、安倍晴明が空前絶後の凶事と断じた日食の最中に、越後で生まれた桜暁丸《おうぎまる》は、父と故郷を奪った京人に復讐を誓っていた。様々な出逢いを経て桜暁丸は、童たちと共に朝廷軍に決死の戦いを挑むが——。皆が手をたずさえて生きられる世を熱望し、散っていった者たちへの、祈りの詩《うた》。第10回角川春樹小説賞受賞作＆第160回直木賞候補作。

ハルキ文庫